Christine Meerow · Mein Stimmenhören

Christine Meerow

Mein Stimmenhören

oder Das Wichtigste ist Frieden

Bibliografische Information der Deutschen Nationalbibliothek
Die Deutsche Nationalbibliothek verzeichnet diese Publikation in der
Deutschen Nationalbibliografie; detaillierte bibliografische Daten sind
im Internet über http://dnb.d-nb.de abrufbar.

© 2010 Christine Meerow
Satz und Layout: Buch&media GmbH, München
Umschlaggestaltung: Kay Fretwurst, Freienbrink
Herstellung und Verlag: Books on Demand GmbH, Norderstedt
Printed in Germany
ISBN 978-3-8391-7436-4

Inhalt

Teil 1

Zu wenig Eigenliebe
oder
Mein Leben mit der Psychose

Anfangs dachte ich, mir fehle die nötige Liebe, die Selbstliebe, die Liebe zum eigenen inneren Kind, um über mich zu schreiben. Denn mit Eigenliebe geht es dem Schreiber viel leichter von der Hand, zu berichten über die eigenen Erlebnisse, Empfindungen und Erfahrungen. Man lächelt dann einfach, wenn Unsicherheit, Angst oder Selbstzweifel aufkommen wollen. Man lächelt dann und schreibt es einfach weg. Aber noch fehlte beim ersten Teil meines Berichts das Happy End oder die Lösung dafür, wie ich an dieser Psychose nicht mehr zu hängen brauche. Gott sagte mir einmal, dass das Happy End durch den richtigen Mann, den Partner erst geschehen könne.

Meine Psychologin und meine Neurologin bestätigten mir des Öfteren, dass meine Art, mit den Dingen umzugehen, aber auch meine lebensbejahende Einstellung dazu beigetragen haben, dass ich in der Lage bin, anderen Menschen meine eigenen Erfahrungen mitzuteilen. Mein Erfahrungsbericht soll sich vor allen Dingen an Menschen wenden, die ebenfalls an einer Psychose erkrankt sind, aber auch an Angehörige von Betroffenen und überhaupt an alle Menschen, die sich informieren möchten über diese Krankheit und damit verbundene mögliche Bewältigungsstrategien. Auch muss ich dazu anmerken, dass ich ohne die Hilfe von Psychologinnen und Ärzten nie so weit gekommen wäre, wie ich heute im Kampf gegen die Quälgeister (so nenne ich die Stimmen, die mich negativ beeinflussen wollen) schon bin.

In meinem neunzehnten Lebensjahr bin ich an einer halluzinatorischen Psychose erkrankt. Heute bin ich immerhin schon 38 Jahre alt geworden, und im Laufe der Zeit habe ich endlich auch eine Selbständigkeit erreicht, die mir unter anderem geholfen hat, die Auswirkungen der Krankheit einzudämmen. Besonders danken will ich hier an dieser Stelle auch meinem guten Schutzengel, der mich und meine Tochter vor jeglichen Vergewaltigungen, Missbrauch im wirklichen Leben und vor schlimmeren Unfällen bewahrt hat und bewahrt.

Jetzt soll die Erzählung, das Eigentliche, beginnen.

Als drittes Kind wurde ich in einer Familie geboren, in der beide Eltern Sprachwissenschaftler sind. Ich hatte immer gute Noten in der Schule, und meine Kindheit war soweit ganz schön: ich durfte bei meinen Eltern lange klein sein. Ich wurde 1972 geboren und habe einen acht Jahre älteren Bruder und eine knapp anderthalb Jahre ältere Schwester. Beide besuchten ab dem dritten Schuljahr die Zehnklassenschule mit erweitertem Russischunterricht. Auch ich wurde 1980 nach Beendigung der zweiten Klasse dorthin umgeschult. Meine Eltern hatten Freunde in aller Welt, vor allem durch ihre wissenschaftliche Arbeit, und wir Kinder durften mit ihnen auch dorthin zu Besuch fahren. Mein Vati kommt aus Russland, er hat dort ein Haus. Wir haben dort auch unsere russischen Großeltern besucht. Auch zu den Eltern meiner Mama nach Dessau sind wir in den Ferien oft gefahren. Die Reisen waren immer sehr abenteuerlich und interessant.

Ich kann mich gut daran erinnern, dass meine Mutter immer lieb zu uns war (das finde ich heute noch sehr wichtig für eine Mutter). Sie war kompetent und konsequent in der Erziehung. Sie konnte komplizierte Dinge mit einfachen Worten erklären. Mein Vater ist ein komplizierter Mensch. Manchmal machte er Fehler, aber er wurde im Alter weiser und gelassener. Einmal kaufte er früher mit mir und meiner Schwester zusammen ein Märchenbuch. Ich freute mich sehr, denn es war dasselbe, welches meine Schwester als älteres, gebrauchtes Buch besaß. Aber dann bekam sie das neue und ich ihr altes, schon ohne Einband. Auch dieses Erlebnis war eine Ursache für meine spätere Neurose. Mit 13 Jahren war ich magersüchtig, was bedeutet, dass man strengste Selbstablehnung in sich trägt. Wichtig war für mich später die Vergebung für meinen Vati. Er machte es mir leicht, indem er mich später, wo er konnte, unterstützte. Er hatte nicht geahnt, wie gekränkt ich gewesen war. Als er es später erfuhr, schenkte er mir gleich ein paar neue Märchenbücher. Ich hatte schon damals meinen Schutzengel gefühlt, der mich einen neuen Einband für das alte Märchenbuch selbst basteln ließ.

Anfang 1987 wurde die Ehe meiner Eltern geschieden, wir Kinder blieben bei unserer Mutter. Ein paar Jahre später ging ich auf eigenen Wunsch auf eine reguläre Polytechnische Oberschule, weil ich nur eine richtige Freundin in der Klasse gehabt hatte und diese Freundin die Russischschule verließ und in eine Spezialschule für Mathematik wechselte. Fälschlicherweise dachte ich, dass ich dort keine Freunde mehr finden würde, als meine Freundin die Schule verließ.

In ihrem Buch »Gesundheit für Körper und Seele« schreibt Louise L. Hay, dass jeder Mensch, der auf der Erde ist, eine Aufgabe zu erfüllen hat. Für seine eigene Seele, damit sie daraus lernt. Ich wollte meine eigenen komplizierten Widersprüche, die in mir waren, einfacher machen. Eine kleine Aufgabe für ein nicht allzu langes Leben, mit einem kleinen Körper (1,60 m groß). Meine Seele im Himmel war etwas größer. Mein Schutzengel sagte mir mein Ende schon voraus, das in etwa zehn Jahren schon sein wird durch eine körperliche Ursache. Wenn ich bedenke, dass ich es selbst so gewählt habe damals im Himmel, brauche ich nicht darüber zu trauern. Gott lässt uns die Wahrheit sehen, er löscht die Tränen. Es entspringt nicht nur alles meiner Phantasie.

In einer Fernsehsendung mit Alfred Biolek unter dem Titel »Die Geister, die ich rief…« war eine Psychologin eingeladen, die sich mit Engeln über ihre Klienten unterhält. So kann sie das Ende von ihnen voraussagen und sieht Zusammenhänge und Hintergründe in deren Leben, die sie nie geahnt hätten. Es sei eine umfangreiche Aufgabe, die Menschen darüber aufzuklären und dadurch Veränderungen in ihrer Lebensweise herbeizuführen, wie eine richtige Psychotherapie, und sie wird nicht von den Krankenkassen anerkannt, sie muss von den Klienten selbst finanziert werden.

Als ich noch ein kleineres Kind war, ging meine Mama einmal mit mir Schuhe kaufen. Da nahm mich hinter ihrem Rücken, als sie zum Schuhregal gewandt stand, ein Fremder an die Hand und wollte mich entführen. Meine Mama drehte sich noch im richtigen Moment um und sagte zu ihm: »He, das ist aber mein Kind«. Der Fremde ließ ab und verschwand schnell in der Menge. Von da an hatte ich manchmal nachts gefühlte Elektroschocks zu ertragen. Wie sich später (aus der Sicht meiner Psychose) herausstellte, war dieser Psychopath ein ehemaliger Psychiater, der ein altes Elektroschockgerät mitgenommen hatte. Dieser Typ blendete mir in meine schöne, bunte, reine Kinderwelt hässliche Phantasien ein. Ich habe gelesen, dass Elektroschocks Neurosen bei gesunden Menschen auslösen können. Außerdem wollte er mir mit seinen Phantasien Schuld aufbürden. (Viel später, nach meinem Gebet um Vergebung der eigenen Schuld, verriet sich dieser Typ selbst. Etwa zeitgleich wurde im Gespräch mit meiner Psychologin aufgeklärt, dass ich in der Trennungsphase meiner Eltern Schuld gefühlt habe, weil ich dachte, meine Mama liebe mich nicht mehr. Sonst hatte sie sich auch immer Zeit für mich allein genommen. Meine Psychologin sagte mir, dass das in der Scheidungsphase von Elternpaaren eine normale Sache sei. Ich dachte immer, ich hätte etwas falsch gemacht, ich hatte das auf mich bezogen. Dies alles war nur gefühlte Schuld, keine echte.)

Wie ich schon erwähnt hatte, hat mich mein Schutzengel stets vor Vergewaltigungen und Missbrauch jeder Art geschützt. Einmal sprach mich im Kaufhaus am Alexanderplatz ein älterer Mann an, was ich denn kaufen wolle. Er wollte mich mitlocken über die Grenze, die damals durch Berlin verlief. Kurz zuvor hatte ich eine Warnung gehört, dass ein vergewaltigtes Mädchen tot auf einer Müllhalde aufgefunden wurde. Ich sprach nicht mehr mit dem Mann, als ich merkte, was er vorhatte. Ein anderes Mal, auch auf dem Berliner Alexanderplatz, sprach mich wieder ein älterer Typ an, ob ich mitkommen wolle, mich für eine Strumpfhosenwerbung fotografieren zu lassen. Kurz zuvor hatte ich im Fensehen einen Film gesehen, in dem ein minderjähriges Mädchen mitgelockt und vergewaltigt wurde. Ich wusste auch, dass er lügt, weil ich an dem Tag eine Hose trug. Auch habe ich noch vor der Grenzöffnung in der Neuen Berliner Illustrierten einen Bericht über Sekten gelesen, dass sie den Leuten extra Angst machen, damit sie sie ausbeuten können. Ich wurde öfter mit Sektenwerbung angesprochen, bin aber nie darauf eingegangen.

Am Ende der zehnten Klasse wurde mir ein Platz an der Oberschule angeboten, aber ich wollte einen einfachen Beruf lernen, womit ich schnellstmöglich eigenes Geld verdienen konnte, ich wollte unbedingt bald eine eigene Wohnung haben. Das war noch in der DDR-Zeit; in der DDR konnte man mit einem guten Zeugnis jeden Beruf erlernen, den man wollte. Auf einmal wusste ich nicht mehr, welchen Facharbeiterberuf ich erlernen sollte, ich hatte so viele Ideen. Dann fragte ich meinen Bruder, der mir seinen ehemaligen Traumberuf vorschlug, nämlich Triebfahrzeugführerin zu werden. Davor war jedoch eine Schlosserlehre vorgeschrieben. Ich hielt es nur ein Vierteljahr durch: Diese Lehre war damit verbunden, jeden Morgen um vier Uhr aufzustehen, dann an der Werkbank zu stehen, anschließend Theorie-Unterricht bis in den Nachmittag zu haben und abends noch bis in den späten Abend an technischen Zeichnungen zu sitzen, die die Hausaufgabe waren. Mein Bruder wollte mir eigentlich die andere Variante vorschlagen, ohne die vorhergehende Schlosserlehre, doch dort waren bereits alle Plätze besetzt.

Meine Omi, die zu der Zeit bei uns wohnte, die auch lange Zeit meine gute Beraterin war, riet mir ernsthaft, mich nach der abgebrochenen Schlosserlehre an einer Bibliothek oder in einer Bank zu bewerben. Da meine Eltern damals an der Akademie der Wissenschaften arbeiteten, konnte ich dort zunächst als Hilfsarbeiterin anfangen, da das Lehrjahr schon begonnen hatte. Zuerst arbeitete ich im Magazin. Ich machte danach noch im selben Jahr Arbeiten, die eigentlich die Facharbeiter erledigen sollten, die sie aber nicht so gerne machten. Ich bekam dafür nur ein Hilfsarbeitergehalt. Das war sehr wenig, doch einmal bekam ich eine kleine Prämie für gute Arbeit. Es gab noch mehrere Bewerber auf die Lehrausbildung im folgenden Lehrjahr. Für die Leute, die dort schon gearbeitet hatten, ohne eine richtige Ausbildung zu haben, stand nur ein Ausbildungsplatz zur Verfügung. Ich habe den Platz bekommen.

Dann ging die DDR in die Brüche, und die Akademie der Wissenschaften war nicht mehr befugt, jemanden auszubilden. Wir waren insgesamt drei Lehrlinge dort, und es gab zunächst einen Platz an der Bibliothek der Humboldt-Universität. Die anderen beiden Mädchen wollten zusammenbleiben, und meine Freundin in der Ausbildung war an der Bibliothek der Humboldt-Universität. Deshalb wollte ich auch an die Universitätsbibliothek überwechseln. In der Lehre waren die Mädchen in zwei Gruppen geteilt, meine Freundin und ich waren unparteiisch. Was wir beide wollten, war Frieden. Später träumte ich einmal von einer Welt, wo sich alle gut verstehen. Meine Freundin ist mit mir beim Ostermarsch für den Frieden ein Stück mitgelaufen. Ein Mädchen aus der Lehre wollte eine Entscheidung bei mir erzwingen, auf welcher Seite ich stehe. Sie redete mir sogar ein, ich müsste zum Psychologen gehen, weil ich mich nicht entscheiden könnte. Der Psychologe sagte mir, ich sei völlig in Ordnung. Er gab mir auch den guten Ratschlag, wenn ich einen Freund haben wolle, solle ich ruhig Gespräche mit Jungs zulassen, ich selber setze die Grenze, wie weit das geht.

Ein Mädchen aus der Arbeitszeit in der Akademie der Wissenschaften-Hauptbibliothek war wütend auf mich, weil ich einen Lehrplatz bekam, den sie auch haben wollte. Sie litt unter Depressionen und empfahl mir den Zeichenzirkel am Haus der Jungen Talente in Berlin-Mitte. Dort war ein Punk, der nach dem Aktzeichnen ein Mädchen vergewaltigen wollte. Seine Freundin sah sehr apathisch aus. Als Aktzeichnen in der darauffolgenden Stunde angesagt war, war mir das zu privat, ich malte damals die eigene Warnung vom Engel. Der Engel fand mich dabei klug, dass ich danach nicht mehr hingegangen bin. Das Mädchen, das mich dorthin geschickt hatte, hatte dann unter noch schwerere Depressionen. Als ich sie später im Café an der Friedrichstraße wiedersah, rannte sie blass raus, als sie mich erkannte.

Ich fand in einer Mädchenzeitschrift eine Werbung für ein Kunstfernstudium an der Staatlichen Kunsthochschule Zürich und fing das Fernstudium an.

Meine Omi hat in der Zeit, als sie bei uns wohnte, immer die Bücher mitgelesen, die ich mir auslieh. Einmal lieh ich mir zufällig »Einer flog übers Kuckucksnest« aus; meine Omi warnte mich, wir sollten das eher nicht lesen, denn das Buch handelte von einem schizophrenen Mann. Der Bibliothekar wollte mir einen Gefallen tun und hob nun noch ein anderes Buch für mich auf, das von einem schizophrenen

Mann handelte. Zu der Zeit starb leider meine Omi. Ich fühlte tiefe Trauer, verdrängte sie und las dieses Buch. An dem Hauptdarsteller faszinierte mich etwas, nämlich, dass er immer die Wahrheit suchte. Ich hatte das Ende des Buches dabei nicht bedacht: die Krankheit endete für den Mann im Selbstmord. Unterbewusst wählte ich mir eine Psychose; so eine Krankheitswahl geschieht meistens unterbewusst. Das Stimmenhören sollte für mich zu der Zeit eine Problembewältigungsstrategie darstellen.

Ich war also 19 Jahre alt, hatte gerade ausgelernt an der Humboldt-Universität Berlin als Bibliotheksassistentin. Dort begegnete mir Dave P., der mir vorkam, als sei er der netteste Mensch auf der Welt. In meiner damaligen Unerfahrenheit hatte ich übersehen, dass er nie ein Wort über sich erzählte, sondern dass er mich nur ausfragte. Er muss irgendwie eine magische Anziehungskraft gehabt haben, denn in 10-Minuten-Abständen kamen Mädchen zu ihm, die ihm ihr Herz ausschütteten, aber nie erzählte er von sich. Ich hatte mich nichts ahnend (eher mit einer Methode von Gedankenmanipulation seinerseits) in ihn verliebt.

Ich hatte im Hinterkopf, nach der Bibliotheksausbildung eine Lehre als Verkäuferin oder eine Ausbildung zur Krankenschwester zu machen. Ich rief bei einer ärztlichen Privatpraxis am Ku'damm an, die ich zu der Zeit vom Arbeitsamt erhalten hatte. Dort hatte man jedoch schon jemanden für die Schwesternausbildung gefunden. Also wollte ich das Angebot zur Übernahme nach der Lehre in das Arbeitsverhältnis an der Bibliothek annehmen. Und ich fragte, ob ich in der Poststelle bei Dave P. anfangen könnte zu arbeiten. Meine damalige Ausbilderin sagte mir, dass ich damit unter meiner Qualifizierung arbeiten würde. Damit war das »sein Licht unter den Scheffel stellen« besiegelt. Und weiß der Deibel, ob Dave P. sich beobachtet fühlte, er fing an, mich hinterhältig zu tyrannisieren. Eines Tages schloss er mich auf der Arbeit ein. Ich stieg aus dem Fenster (es war zu ebener Erde) und holte mir Hilfe vom Innenhof der Bibliothek. Jemand schloss mir auf, und ich holte mir den Schlüssel zur Poststelle von der Pförtnerin. Später kam Dave P. wieder herein und ich sagte ihm, dass er mich eingeschlossen habe. Ohne sich zu entschuldigen fragte er, wie ich die Tür wieder aufgekriegt habe. Ich sagte ihm, dass ich mir Hilfe vom Hof geholt habe. Als ich ging, hörte ich noch, wie er wütend Postpakete um sich warf. Von nun an hörte ich seine Stimme, die mein Tun kommentierte und alle Beobachtungen ins Schlechte zog. Ich erklärte mir das so, dass er irgendwo hinter der Wand stehe oder mich vom oberen Fenster aus beobachtete und dabei sprach. Das war die Erklärung für mich, als ich das erste Mal die Stimme hörte.

Eines Tages ging Dave P. hinter mir her, als ich nach Hause ging. Er sah gruselig aus, schwarze Lederklamotten und rote Flecken im Gesicht. Ich hörte später, dass man als Frau, wenn man sich von einem Exhibitionisten bedroht fühlt, umkehren und ihm entgegengehen soll. Aber die natürliche Angst war weit weg. Da war nur noch diese von ihm einmanipulierte irrige Liebe, die mich wehrlos machte.

Meine Nerven schmerzten zu der Zeit ab und zu. Ich machte gerade eine einseitige Diät, nur Eiweiße. Es fehlte die Nervennahrung, die B-Vitamine in der Ernährungszusammenstellung. Ich hatte mein Idealgewicht, ich wog bei einer Körpergröße von 1,60 m nur 52 Kilogramm.

Ich machte einen vagen Versuch, Dave P. von seinem Treiben abzubringen. Eines Tages sagte ich zu ihm: »Kannst du das bitte alles lassen?« Da sagte er, als sei er völlig ahnungslos: »Ich weiß jetzt gar nicht, was du meinst.« Danach hörte ich seine Stimme ständig. Und das war so laut, als wenn er neben mir stünde und mich anschrie mit ordinären Ausdrücken. Manchmal hörte ich kaum noch meine eigene Stimme bei diesem Gebrüll in meinem Kopf. Ich fühlte mich schließlich eingeengt. Und nicht mehr hübsch und nicht mehr liebenswert.

Aber keiner, wirklich niemand, nicht einmal meine eigene Mutter, merkte mir die Behinderung an. Das kam daher, weil ich eine ungeheure Gedankenarbeit leistete und die mir manchmal fremden Beobachtungen selbst erklärte, nur für mich: die Paranoia (alles nur halluzinatorisch Wahrgenommene auf sich zu beziehen), die immer sehr schlecht wirkte zudem, und die Halluzinationen (die Stimme, die nicht real existierte).

Dave P. setzte noch etwas auf seine Gemeinheiten drauf, und als im Radio der Poststelle von Herbert Grönemeyer in dem Song »Bochum«

die Stelle »du bist keine Schönheit« gesungen wurde, sagte Dave P. zu mir: »Das stimmt.« Und dabei grinste er hässlich. Später, als er in meinem Kopf »Hässlich und fett!« schrie, sagte ich darauf (und das war auch falsch, dass ich mich in einen inneren Dialog mit ihm einließ): »Du hättest dich mal selbst im Spiegel sehen müssen dabei, als du das gesagt hast«. Und ich dachte immer, für den Typen will ich gar nicht schön sein. Das war letztendlich alles gegen mich gerichtet. Darauf brüllte die Stimme von Dave P. in meinem Kopf: »Hure, Nutte, Lesbe!«

Ich hatte mir eine kleine dunkle Wohnung eingetauscht im Berliner Bezirk Prenzlauer Berg, was ja eigentlich der Wunschbezirk für meine Wohnung war und bis heute ist. Aber diese Wohnung war nur ein kleines, dunkles Loch. Ohne vernünftiges Schloss und mit bröckelndem Putz. Als ich noch keine Gardinen hatte, dachte ich, die Welt sei voller Exhibitionisten und mein Nachbar gegenüber sei auch einer. Und das war schon Wahn und Paranoia. Ich dachte damals, ich sollte mir einen großen Hund anschaffen, der diese Typen ins Bein beißt. Gegen Dave P. hätte das ja auch gepasst. Auch las ich zu der Zeit von Marilyn French »Frauen«. Ich konnte die darin beschriebene Enttäuschung mit Männern voll nachempfinden. Ich dachte, das sei bei Vielen so. Meine Mama ließ mir ein neues Schloss einbauen in die Wohnung.

Dann fuhr ich im Oktober allein nach Spanien. Ich dachte, ich lasse die Stimme hinter mir und erhole mich erst mal. Dort lernte ich Jae kennen, der mit mir flirtete. Er war Spanier und hatte ein eigenes Haus. Er war schon in jungen Jahren sehr angesehen dort und hat Verschiedenes gearbeitet. Man grüßte ihn überall. Er hatte sich sehr in mich verliebt, am Abreisetag machten wir Petting im Wohnwagen. Er hatte mich mehrere Abende begleitet und mir die Gegend gezeigt. Er wollte mich heiraten. Er merkte mir ebenfalls nicht das Geringste von der Behinderung an. Weiterhin fühlte ich diese irrige Liebe zu Dave P., die mich innerlich zerriss. Als ich nahe mit Jae zusammen war, heulte Dave P.'s Stimme gefährlich in mir.

In Spanien dachte ich, ich lasse die Empfindungen mit der Stimme hinter mir, und warf das Tagebuch, in dem Dave P. teilweise einmanipuliert hatte, was ich schreiben sollte, in den Mülleimer. An dem Tag legte ich den Schlüssel von meinem Hotelzimmer auf den Hoteltresen und wartete nicht ab, bis die Angestellte ihn vom Tresen nahm, weil Dave P. mich gerade wieder irre beschimpfte. Als ich wiederkam, sagte man mir, ich hätte den Schlüssel gar nicht abgegeben, und man gab mir den Ersatzschlüssel. In meinem Zimmer sah ich, dass der Papierkorb nicht geleert, das Tagebuch aber verschwunden war. Der Dieb hatte nicht viel Zeit gehabt, mein Kleingeld lag noch alles auf dem Tisch. Zum Glück bewahrte mich mein Schutzengel auch dieses Mal, sodass Dave P. nicht über mich herfallen konnte.

Als ich zurückkam nach Deutschland, fühlte ich mich zurückversetzt in den alten Schlamassel. Dave P. hatte in der Woche, wo ich nicht auf der Arbeit war, auch gefehlt. Er hatte dem Chef gesagt, sein Vater sei krank. Später hörte ich in meinem Inneren, Dave P. habe mit einem Haushandwerker gewettet, dass er mich »aufreißt«. Er hatte mein Tagebuch als »Beweis« gebracht und kassierte fast ein ganzes Monatsgehalt von dem Handwerker.

Es war nun schon das Jahr 1991, die Wende war vollzogen, DDR und BRD wurden zur Bundesrepublik Deutschland zusammengeschlossen. Sonst hätte ich gar nicht nach Spanien fahren können. Für mich war der Zusammenschluss ein wenig erleichternd – vielleicht habe ich das aber auch zu materiell gesehen damals. Meine amerikanische Brieffreundin Anne Warton hatte es nicht verstanden. Sie hatte ihre eigene Meinung vom Kräfte- und Waffengleichgewicht von Kapitalismus und Sozialismus in der Welt. Ihr Vater war ein hoher Beamter bei der US Army. Für sie hatte es immer gepasst, dass mein Vater Russe ist. Sie hatte mich reichlich beschenkt mit amerikanischen Jeans, einem Pullover und Strümpfen. Weil doch in der DDR Mangelwirtschaft herrschte. Sie freute sich richtig, dass die Leute neidisch geguckt hatten, als ich die Sachen trug. Ich schrieb auf ihre Frage, ob die DDR in eine Depression verfallen sei, dass es so gewesen sei, weil ich den ganzen im 40-jährigen Bestehen der DDR bei den Leuten aufgestauten Frust auf den Straßen gespürt hatte. Dort bin ich auch nicht mehr bei der Befürwortungskundgebung für das DDR-System mitgelaufen. Ich demonstrierte mit der alternativen Linken ein Stück für die Maueröffnung. Von Anne Warton bekam ich noch ein Buch »Love poems« von Emily Dickinson und die Kopie ihrer darüber geschriebenen Abschlussarbeit an der High school, die sie mit Bravour gemeistert hatte. Danach schrieb sie nicht mehr, so enttäuscht war sie wegen der in die Brüche gegangenen DDR.

Ich hatte auch Brieffreundschaften mit zwei jungen Männern aus Australien. Australien war früher auch mal mein Traumland.

Dann, am 21. November 1991 wusch ich mir die Haare über der Badewanne in meiner dunklen Wohnung in der Kollwitzstraße. Da schrie die Stimme in mir: »Hässlich! Fett!« Da konnte ich es nicht mehr ertragen. Ich hatte einen Nervenzusammenbruch. Rannte mit nassen Haaren zur Telefonzelle. Ich überlegte, ob ich die Polizei oder meine Mutter anrufe. Schließlich rief ich meine Mutter an und schrie ins Telefon: »Ich halte das nicht mehr aus! Die Stimme ist lauter als meine eigene Stimme!« Die Leute, die vorbeigingen, guckten und blieben stehen. Meine Mutter blieb ganz gelassen. Sie sagte: »Jetzt mach dich erst mal auf den Weg und komm zu mir«. Eine halbe Stunde später ging ich mit gepacktem Übernachtungsrucksack und notdürftig getrockneten Haaren zum S-Bahnhof und wurde um fünfzig Pfennig angebettelt. Also wirkte ich wieder normal, dachte ich bei mir. Dann saß ich abends in der Badewanne bei meiner Mutter, um mich vom kalten Novemberwetter aufzuwärmen. Dave P. schrie ganz nervtötend vulgäre Begriffe und erzählte schreckliche Geschichten in meinem Kopf. Da wünschte ich ihm den Tod. Irgendwie war ich auch gefühlsmäßig mit meiner Mutter verbunden, denn sie fragte: »Was wäre denn, wenn die Stimme stirbt?« Am nächsten Tag ging sie mit mir ins Haus der Gesundheit am Berliner Alexanderplatz. In der Bahn schrie Dave P.: »Iih, der Typ neben dir kann deine Gedanken lesen. Der weiß, was mit dir los ist.«

Im Haus der Gesundheit erzählte ich dem Psychologen, was Dave P. in meinem Kopf schrie. Der Psychologe sah nach dem Gespräch sehr blass und erschrocken aus. Er wollte mich in die Berliner Charité zu einer Behandlung ohne Medikamente schicken. Er fragte aber, ob ich den Psychiater noch sprechen wolle. Da sagte ich ja, denn der wolle mir ja auch nur helfen. Der Psychiater fragte, ob ich lieber der Stimme zuhöre als ihm, weil ich so apathisch wirkte. Dave P. schrie: »Iih, die gehört in die Klapsmühle«. Der Psychiater fragte, was die Stimme schreie, und er sagte, dass er mich nach Herzberge in die Psychiatrie mit medikamentöser Behandlung schickt, dass dies aber keine »Klapsmühle«, sondern ein modernes Fachkrankenhaus ist.

Dort, am 22. November 1991, übernachtete ich auf der Überwachungsstation. Man fragte mich etwa zehn Mal, wie ich heiße. Ich spürte einen hellen Lichtschein um mich herum.

Eine schöne Ärztin, Frau Schrader, untersuchte mich nachts. Sie hatte später Bernd und mir zur Hochzeit gratuliert und sprach mit mir, als ich sie einmal wiedertraf in der Pappelallee, wie mit einer Freundin. Ich begegnete schließlich dort der nettesten Schwester, als ich nachts weinend aus dem Bett rannte, weil meine Bettnachbarin Nadine T., die ziemlich verwirrt war, zu mir nackend ins Bett steigen wollte. Es war alles etwas abgemildert. Ich spürte meine gute Herkunft, fühlte ästhetisch. Habe den Schutz meiner lieben, guten, schönen Emilia (so heißt mein Schutzengel).

Auf der Überwachungsstation war auch eine Patientin, die half, wo sie nur konnte. Sie war es, die meinen Teller mit dem unaufgegessenen Essen wegstellte, als Nadine T. mir befahl, es aufzuessen. Die nette Frau hatte jegliche Angst vor der Situation, dort zu sein, abgelegt. Ich log, ich höre keine Stimmen mehr, damit ich auf eine andere Station komme und weg von der Intensivstation. Dadurch habe ich nicht die richtigen Medikamente bekommen und quälte mich noch ein Jahr mit der lauten Stimme von Dave P. weiter. Da ich einen normalen Geist hatte, übertrug man mir dort am Wochenende sogar Aufgaben von Hilfsschwestern, wie alte verkippte Suppe aufzuwischen auf dem Gang und die Blutröhrchen von der Blutabnahme von Mitpatienten zum Labor rüberzubringen.

Dadurch, dass ich gelogen hatte, dass ich keine Simmen mehr höre, hatte ich nicht die richtige Medizin gegen die Stimmensymptomatik. Dave P. belegte ein Vierteljahr lang mein inneres Kind mit Gebrüll, tags und nachts. Dadurch hatte ich auch vergessen, dass ich früher mal Orgasmen bei Modepuppen und schönen, ästhetischen Bildern bekam. Dave P. überspielte das einfach in meinem Kopf. Er glotzte sein »Kino« durch mich hindurch, benutzte mich, und das machte mich sehr unglücklich. Es war mir immer zu peinlich, das in Therapien anzusprechen. Bis ich das Buch »Ein starkes Selbst« von Dr. B. Sommer und M. Falstein in die Hände bekam. Darin stand, wie man mit dem CRAFT-Prozess alte, schlechte Bänder in gute überspielen kann:

- -C Cancel Löschen; man sagt, sobald das Band losleiert, laut »Löschen«;
- -R Replace Ersetzen; man ersetzt die schlechten Bilder durch neue (ich in dem Fall die eingeblendeten Bilder durch die alten, die ich früher im gesunden Zustand hatte);
- -A Affirm Bestätigen; die neuen Bilder vor Augen führen;
- -F Focus Konzentration aufs Neue;
- -T Train die neuen Bänder akzeptieren.

Ein paarmal hatte Dave P. versucht, alles zurückzuüberspielen. Aber ich war genauso beharrlich in »Seine Bänder überspielen«. Paradoxerweise hatte Dave P. mit dem einmanipulierten, sehr falschen Gedanken, dass ich verliebt in ihn sei, Erfolg. Als ich Ausgang vom Krankenhaus hatte, ging ich eines Tages zu Dave P. in die Poststelle der Bibliothek. Dave P.s Stimme sagte damals, ich habe ein aufgedunsenes Gesicht. Da wusste ich noch nichts von der Wette mit dem Tagebuch und den eher sadistischen Phantasien dieses Typen. Es war gähnende Leere in der Poststelle, niemand wollte mehr mit ihm zu tun haben. Und ich fragte ihn, ob er mit mir schläft! Er sagte, er habe schon eine Freundin. Das war der erste Schritt, diese nur eingeblendete, scheußliche, paradoxe Liebe loszuwerden.

Ich weinte, doch Dave P.s Stimme befahl mir, aus dem oberen Stockwerk im Marzahner Hochhaus von der Wohnung meiner Mutter aus herunterzuspringen. Ich saß schon auf der Fensterbank, da fiel mir ein, dass meine Mama mich liebt und sie nicht gerade froh sein würde, mich tot auf der Straße zu sehen, wenn sie von der Arbeit nachhause kommt. Dave P.s Stimme sagte dazu: »Das wäre geil, wenn die wegen mir stirbt«. Ich beschloss weiterzuleben. Ich hatte fast unerträgliche Gefühle und Nervenschmerzen. Ich weinte und weinte. Zum Glück konnte ich alles rausweinen. Und, wie eine gute Psychologin später sagte, »was uns nicht umbringt, macht uns stark« traf auch auf mich zu, und ich wurde diese falsche Liebe los.

Während der Behandlung in der Psychiatrie Herzberge machte ich mein Kunstfernstudium an der Kunsthochschule Zürich weiter, weil ich mit dem Zertifikat abschließen wollte (das geschah später auch). Ich hatte es zuerst von meinem Lehrlingsgeld und nunmehr von meinem Krankengeld finanziert. Während der ganzen Zeit sagte ich in den Therapien auf die Frage nach meinem Befinden, dass es mir gut gehe. In dem Buch »Heilgebete« von Berthold A. Mülleneisen steht, dass man mit einer Behinderung nur zwei Möglichkeiten hat: Entweder man sagt, es geht einem trotz der Behinderung gut, dann kann man sich weiterentwickeln. Oder man macht das Gegenteil und überlässt sich schlechten Stimmungen, dann wird man es zu nichts mehr bringen.

Während der Behandlung im Krankenhaus war ich einen Tag bei der Handarbeitstherapie. Dort saß ich über Eck mit einer Mitpatientin, die nicht mehr mit den Leuten geredet hat. Die anderen Patienten hatten einmal zugehört, wie sie sich mit ihrer einzigen Vertrauensperson, ihrem Therapeuten, unterhielt. Sie hörte vier Männerstimmen, die perverse und sadistische Dinge zu ihr sagten. An dem Tag bei der Handarbeitstherapie fragte ich sie, ob sie beim Friseur war, und sagte, dass ich sie mit ihrer Frisur chic fände. Daraufhin sagte sie mir, was ich an der Handarbeit besser machen könne. Sie sprach von da an wieder mit den Leuten, weil ich etwas Nettes gesagt hatte!

Nach einem Jahr in Haus 6 der Psychiatrie Herzberge wurde ich in die ambulante Behandlung entlassen. Ich sollte in der Bibliothek in der Zweigstelle Psychologie acht Stunden täglich arbeiten gehen mit einem Medikament, mit dem schon schlimme Dinge passiert waren. Die ambulante Ärztin in Herzberge verschrieb massenweise Billigmedikamente. So sparte sie zwar, half aber den Patienten nicht sehr. Ich ging zu ihr. Ich konnte mit dem mir verschriebenen Medikament nicht stehen, sitzen, liegen, laufen, weinen oder lachen. Ich habe mich fürchterlich gequält damit. Erneut kam ich in Haus 6. Es besuchte mich meine Familie, meine Mama war das erste halbe Jahr jeden Tag kurz zu Besuch gekommen, obwohl sie einen großen Umweg machen musste von ihrer Arbeit. Jetzt gab ich endlich freiwillig zu, dass ich noch die Stimme hörte, und bekam erstmalig Medikamente darauf abgestimmt. Auf eigenen Wunsch ging ich dann auf die Jugendwohnstation; ein wenig Mut dazu gemacht hatte mir die damalige Freundin meines Bruders bei einem Besuch.

Auf der Jugendwohnstation lernte ich Barbara kennen (in meinem Bericht trägt sie diesen Namen), die dort tätige Psychologin, die die Kranken als gleichberechtigt ansah. Sie hatte auch persönliche Freundschaften mit erkrankten Menschen. Sie ging jeden zweiten Abend mit uns aus außerhalb des Krankenhauses: zur Disco, ins Kino, ins Theater, zum Schwimmen. Jae, mein spanischer Freund, schrieb mir ins Krankenhaus, fragte an, ob es mir besser gehe und ob ich ihn besuchen kommen wolle.

Auf der Wohnstation lernte ich auch Bernd kennen, er munterte mich von Dave P.s Gehämmere auf, das nun sowieso schon leiser geworden war. Die Psychopharmaka, die ich dort bekam, waren gegen Halluzinationen. Bernd sagte mir, er fände mich gut und wolle mein Freund sein. Ich willigte ein. Mit Bernd wurde es später eine feste Beziehung. Barbara hatte eine Reise mit der Gruppe nach Dänemark organisiert. Bernd und ich küssten uns. Wir kamen zurück und gingen beide (er zuerst in seinem erlernten Beruf als Elektriker) arbeiten. Ich bin nach und nach mit gesteigerter Stundenzahl wieder in der Bibliothek arbeiten gegangen über das so genannte Hamburger Modell.

Ich war nun Springerin in der Bibliothek, das heißt, ich wurde in Sektionsbibliotheken eingesetzt, wo gerade Arbeitskräfte gebraucht wurden. Zuerst war ich dort in der Zweigstelle Psychologie. Dort hatte ich abwechslungsreiche Arbeit. Bald darauf kam ich in die Zweigstelle Erziehungswissenschaften der Humboldt-Universität, wo ich erfahren musste, was Mobbing ist. Dr. Schneller, der dortige Chef nach der Wende war der ehemalige Direktor der Bibliothek in der Zeit der DDR. Er ließ mich den ganzen Tag nur Signaturschilder für Bücher tippen. Er hatte einen Kontrollzwang und suchte immer nach Fehlern. Ich wehrte mich und sagte bei einer Versammlung, dass ich auch mal was anderes machen wolle. So ließ er mich Katalogkarten erstellen. Er fand keine Fehler und sagte, dass ich zu langsam arbeite und wieder die alte Arbeit machen sollte. Daraufhin ging ich zum stellvertretenden Direktor. Ich sagte ihm, dass ich versetzt werden möchte in eine andere Zweigbibliothek. Das Gegenteil trat ein: der dort noch amtierende stellvertretende Direktor war Dr. Schnellers Freund, und so empörte sich Dr. Schneller, ich habe mich über ihn beschwert.

Mit Bernd war es anfangs eine freundschaftliche Beziehung, ich schlief das erste Mal überhaupt mit ihm. Ich konnte dem nicht so viel abgewinnen zu Anfang (später hatten wir eine Zeit lang erfüllenden Beischlaf). Wir lernten uns lieben, wie Barbara es ausdrückte. Bernd wollte mich ohne richtigen Antrag heiraten. Die Stimmen brüllten in mir. Diesmal war es ein Alarmsignal, das aus mir kam. Aber ich überhörte es, und wir heirateten. Ich erzählte der Psychologin von der ambulanten Station, dass ich mir nun ein Kind wünsche. Sie arbeitete eng mit der ambulanten Ärztin zusammen. Ihre erste Reaktion war: »Lassen Sie sich eine Spirale zur Verhütung einsetzen«. Ich hörte von einer ehemaligen Mitpatientin, dass man sie dort immer betadelte, als sie schon schwanger war, und dass sie jedes Mal weinend dort rausrannte. Daraufhin wechselte ich die Ärztin und ging zu Dr. Sander, die nicht gegen ein Baby war bei mir. Sie verschrieb weiter das Fluanxol, das mir im Krankenhaus schon gegen die Stimmen verschrieben worden war.

Ich hatte von der Psychologin der ambulanten Station einen Flyer von einem Integrationsverein für Schwerbehinderte bekommen, die eine Weiterbildung über das Arbeitsamt finanziert anbot, eine Reha-Maßnahme. Dort wurde der Umgang mit Computern sowie Buchführung und kaufmännisches Fachwissen vermittelt. Ich bewarb mich dort, und der dort tätige Psychologe versuchte zuerst einmal, das Desaster mit der Arbeitstelle zu klären, dass ich dort nur den ganzen Tag dieselbe Arbeit erledigen sollte, und schickte mich zum sozialpsychiatrischen Dienst. Aber die Frau dort dachte, ich habe mir alles nur ausgedacht, und ich wollte nicht, dass sie sich mit Dr. Schneller unterhält, damit er keinen neuen Wutausbruch bekommt. Dann habe ich einen Reha-Platz bei dem Integrationsverein bekommen, mein Arbeitsverhältnis in der Bibliothek ruhte für diese Zeit.

Bei der Weiterbildung herrschte zuerst eine nette Atmospäre. Ich fand während der Weiterbildung Freunde. Dave P. ackerte nur noch manchmal in mir. Doch dann stellte ich fest, dass ich bei diesem Wechsel »vom Regen in die Traufe« gekommen war. Nebenbei musste ich nämlich auch Büroarbeiten erledigen, die in Wirklichheit der Psychologe Herr Müller selbst machen sollte. Manchmal standen auf meinem Tisch bis zu fünf Arbeiten, und das war wieder Mobbing, weil meine Freundin mir nicht helfen durfte dabei, obwohl sie das Abitur abgeschlossen hatte. Ich wehrte mich dagegen und sagte, ich wolle die Arbeit nicht machen, weil ich nicht dafür bezahlt werde. Man stellte sich taub. Es ging sogar so weit, dass Herr Müller mich auch für gute Leistungen runtermachte. Da hatte ich dann wirklich keine Lust mehr zu der zusätzlichen Arbeit und arbeitete bei einer Ordnungsaufgabe wirklich unordentlich. Zum Ende der Weiterbildung lud Herr Müller mich zu einem Gespräch, wobei er sagte, das Stimmenhören würde bei mir telepathisch angeleiert werden. Meine Psychologin Barbara hatte die Version, ich baue mir ein Gerüst von jedem Menschen, und die Stimmen von den Menschen sagen dann nur, was ich ihnen zutrauen würde. Herr Müller riet mir einmal richtig (und meine Mama riet es mir zu der Zeit auch), nie mehr mit Dave P. zu sprechen.

Ungefähr zu dieser Zeit starb meine Freundin Chantal durch Selbstmord. Sie war Studentin und das einzige Kind eines Ärzteehepaares. Sie war so lebenslustig, dass sie alles einmal ausprobierte. Für sie gab es keine Tabus, leider, denn so geriet sie an eine Sekte. Während eines Schubes hatte sie dem Sektenchef ihre Telefonnummer geschrieben und hatte seitdem immer Angst, wenn das Telefon klingelte. Ich denke, dass sie nicht freiwillig aus dem Fenster ihrer kleinen Wohnung sprang. Sie hatte mir sogar noch geholfen, weil sie die Erste war, die über die perversen Phantasien von Dave P. lachte. Auf einmal konnte ich auch über den lachen. Bei ihrem Tod haben alle aus der Wohnstation geweint. Ich hatte später einen Bewältigungstraum: sie sei auserwählt gewesen für Aufgaben im Himmel.

Bei einer Besichtigung des Charlottenburger Schlosses manipulierte mir Herr Müller ein, er wolle mich heute mit seinem Auto mal mitnehmen. Er gefiel mir eigentlich gar nicht, ich gab mich nur mit den Kursteilnehmern ab, und abends hörte ich auf einmal die Stimme des Herrn Müller! Ich hatte einfach jedem erzählt, dass ich mir nun ein Baby wünsche. Und dieser Typ hat in meinem Kopf getan, als wenn ich mir das Kind von ihm wünsche! Ich sagte an dem Abend, dass ich keine weiteren Stimmen hören will. Da ging die Stimme erst mal wieder weg.

In der Weiterbildung war auch ein Praktikum enthalten; den Praktikumsplatz sollte man sich selbst suchen. Ich habe an einer Kinderbibliothek in Prenzlauer Berg gearbeitet. Die Kinder standen zur Ausleihe bis an die Tür Schlange, und ich habe täglich sieben Stunden diesen stressigen Job einen Monat lang erledigt (früher hatten in dieser Bibliothek fünf Kollegen gearbeitet, jetzt war ich mit der Chefin alleine dort). Die Kolleginnen aus der benachbarten Erwachsenenbibliothek baten mich dort zu bleiben, aber es war einfach zu viel Stress für mich. Abends litt ich unter Blickkrämpfen, einer Nebenwirkung meines Medikaments. Zweimal fragten mich sogar Frauen, wo man diesen Beruf erlernen könne, die Arbeit müsse doch Spaß machen. Während dieser Zeit habe ich dort auch einen kleinen Jungen beraten, der danach fast jeden Tag in die Bibliothek kam. Wir haben uns über Fledermäuse unterhalten.

Danach fing ich wieder in der Zweigstelle Geographie der Humboldt-Universität an zu arbeiten. Der jetzige stellvertretende Direktor kam aus Westdeutschland; er sagte, es habe niemand etwas davon, wenn mir die Arbeit an der Zweigbibliothek Erziehungswissenschaften keinen Spaß mehr mache und ich deshalb oft fehlen würde. Er erzählte mir, dass Dr. Schneller auch bei ihm war, und er habe hinter meinem Rücken gewünscht, dass ich wieder in den Erziehungswissenschaften anfange. Obwohl er immer betont hatte, wie schlecht ich arbeite, nur um mich zu drangsalieren.

Dann wurde ich schwanger. Mein Frauenarzt freute sich, dass die Schwangerschaft so normal verlief. Barbara sagte mir, dass ich das zusätzliche Medikament gegen die Nebenwirkungen unbedingt absetzen solle in der Schwangerschaft, weil genau das gefährlich sei.

Aber von wegen ruhig im Kopf. Im siebenten Monat kam die Stimme von Herrn Müller wieder. Ich betonte wieder, dass ich seine Stimme nicht hören wollte. Aber sie ließ sich nicht abweisen. Er verwendete meine liebevollen Worte für das in mir wachsende Baby, als würde ich ihn damit meinen. Er wurde aber vorgeschickt von seiner Freundin

Ivett E., die sich an dicken Frauen aufgeilen wollte. Ich nannte sie »Die Spannerin«. Als Ivett E.s Stimme das erste Mal zu mir kam, sagte sie: »Ist die süß«, und ich schickte wegen gleichzeitiger Gedankenmanipulation mein inneres Selbst zu ihr. Sie war aber sehr falsch und dachte in Wirklichkeit: »Ist die dick.« Später, als ich mein Kind schon hatte, sah ich sie mehr als einmal auf meinen Wegen, und sie selbst war stark übergewichtig und überhaupt nicht hübsch. Sie hatte in meinem Kopf immer betont, wie schlank und hübsch sie doch sei. Da dachte ich, dass die das wohl sehr nötig gehabt hat. Herr Müller und Ivett E. haben sich an mir berauscht, und ich musste den Quatsch ertragen, weil dieser Herr Müller mich mit netten inneren Gesprächen gekapert hatte. Mir wurde nun eine völlig verkehrte Liebe zu ihm einmanipuliert. Bernd war zu der Zeit leider »mitschwanger« und hatte seinen gesamten Optimismus eingebüßt. Das machten sich die Quälgeister, so nannte ich die Stimmen, zunutze. Auch Dave P. spielte noch einmal mit meiner Angst, er sagte, er wolle mir bei der Entbindung Strahlen in die offene Scheide schießen.

Kurz vor der Entbindung ließ ich ein CTG im Krankenhaus Friedrichshain schreiben. Im Mutterpass stand leider, dass ich eine Schizophrenie habe. Man behandelte mich darauf dort, als wäre ich dumm. Nach einer sonst gut verlaufenen Schwangerschaft habe ich die letzten vier Tage vor der Entbindung nicht geschlafen, viel geheult und mich erbrochen. Der Feindiagnostiker hatte den Geburtstermin einfach drei Wochen nach hinten verschoben, weil das Kind angeblich zu klein war. Auf den dringenden Rat meiner Mutter fuhr Bernd mit mir in die Charité in Berlin-Mitte. Morgens leitete das medizinische Personal die Wehen ein. Früh zitterte ich noch vor Müdigkeit, aber dann fühlte ich viel Kraft von oben. Als die Wehen sehr stark waren, hörte ich plötzlich keine Stimmen mehr! Eine gute, junge, schöne Hebamme namens Claudia hatte dort bei der Geburt meines Kindes Dienst. Insgesamt hat die Geburt sechzehn Stunden gedauert. Die Hebamme kümmerte sich so gut. Mein Engel hatte es eingerichtet, dass sie bei der Entbindung Dienst hatte. Bernd war bei der Geburt dabei, er hatte auf einmal wieder positive Kraft. Ich gebar eine sehr schöne, gesunde und vollkommene Tochter Marlene. Hebamme Claudia sagte an der Wiege zu ihr: »Bleib schön«. Es war, als wenn eine gute Fee zu ihr sprach. Ich hörte nach diesem sagenhaft schönen Erlebnis fünf Tage lang keine Stimmen mehr. Plötzlich behandelte man mich auch wieder ganz normal. Ich kam auf eigenen Wunsch auf die Wöchnerinnenstation der Charité. Die anderen Frauen hatten so viel zu erzählen. Sie haben so viel erlebt durch ihre Berufe. Andrea und ich verstanden uns sehr gut. Zu mir zu Besuch kamen meine damalige Gesprächstherapeutin Frau Prendmann, Bernd, Bernds Eltern, meine Schwester und ihr Sohn Robin sowie meine Mama. Alle waren so froh! Manchmal hörte ich, was ich fühlte, wenn die anderen sprachen. Ich war in dieser Zeit die glücklichste Mutter der Welt! Ich tanzte mit meinem Baby durch den Raum.

Nach der Geburt meiner Tochter und dem Ende des Erziehungsurlaubs konnte ich die Arbeit in der Bibliothek nicht wieder aufnehmen: eine Halbtagsarbeit hätte ich gewagt, es gab aber nur die Möglichkeit der Ganztagsarbeit und keine Alternative mit Bezahlung (ehrenamtliche Arbeit wäre möglich gewesen). Außerdem hatte ich Angst, ich könnte dort Dave P. wiedertreffen, die Person, die mit der Auslösung der Psychose etwas zu tun gehabt hatte. Ich beantragte daraufhin meine in den Jahren bei der Bibliothek selbst erarbeitete Frührente, die man mir aufgrund der Diagnose Stimmenhören auch auszahlte. Das ist eine Erwerbsunfähigkeitsrente. Der Grad der Schwerbehinderung wurde von fünfzig auf sechzig Prozent erhöht, da die beiden weiteren negativen Stimmen hinzugekommen waren (die des erwähnten Psychologen und seiner Freundin; letztere kannte ich vom Kinderferienlager her, sie war jenes dumme Mädchen, das mich früher dort mal geärgert hat. In einem späteren Sommerferienlager wurde sie dann von einem anderen Mädchen geärgert).

Zu Silvester kam ich aus dem Krankenhaus zu Bernd zurück, er wartete schon auf uns. Leider hörte ich von da an die Stimme der wutentbrannten Ivett E., weil ich jede Woche ein Kilogramm von dem übrig gebliebenen Gewicht aus der Schwangerschaft verlor. Ich fühlte mich sehr schön und sehr sicher während der Zeit des Wochenbettes. Doch das Blatt sollte sich wieder wenden.

Ich ging nämlich eben zu diesem Herrn Müller, ihn zu besuchen und sagte ihm wegen der mir einmanipulierten sehr falschen Liebe, dass ich ausgerechnet ihn liebe! In dem Moment weinte meine Marlene los auf meinem Arm. Sie ist intuitiv und gefühlsmäßig mit mir verbunden und sehr sensibel. Herr Müller sagte ehrlich, dass er meine Liebe nicht erwidern könnte. Meine Gefühle zu Bernd waren leider erkaltet, obwohl er sich kümmern wollte um mich und Marlene. Das machte sich Ivett E. zunutze. Sie war wütend auf mich und wollte mich isolieren, damit sie mich in Ruhe in den Freitod schicken konnte. Leider hatte sie mit dieser Intrige zu Anfang leichtes Spiel; das von mir unregelmäßig und fast gar nicht eingenommene Fluanxol schützte mich nicht vor diesen Quälgeistern. Ich konnte so schlecht etwas entgegensetzen.

Es war schon zehn Minuten über die Milchzeit, und Marlene meldete sich nicht. Ich ging ins Kinderzimmer, sie lag mit nach oben gedrehten, offenen Augen im Bettchen. Mir krampfte sich das Herz zusammen. Ich riss sie hoch und bewegte sie, da holte sie Luft und weinte. Es ging dabei um Zehntelsekunden, wie ich später erfuhr. Die Mütter aus der Mutter-Kind-Gruppe sagten, sie hätten wahrscheinlich unter Schock gestanden und nicht reagieren können. In der verrauchten Wohnung mit Bernd hatte eine Hebamme gesagt, weil es dort so kalt war, sollte ich Marlene ein Mützchen im Bett anziehen. Rauch und eine Mütze im Kinderbett sind Faktoren, die den plötzlichen Kindstod auslösen können. Das habe ich vorher nicht gewusst. Ich habe Schuld gefühlt, als ich in der nachfolgenden Krankenhausuntersuchung neben ihrem Bett saß. Die Stimmen brüllten über den Flur. Marlene hatte zum Glück nur einen solchen Atemaussetzer in der gemeinsamen Wohnung mit Bernd. Bei der nachfolgenden Untersuchung im Krankenhaus Buch war sie ganz gesund, und sie wurde genau zu meinem Geburtstag mit guten Ergebnissen entlassen. Das war das schönste Geschenk für mich. Auch war sie sehr fröhlich, nachdem sie wieder »zum Leben erweckt« wurde, sie lächelt und lacht seitdem viel.

Ich fand zu der Zeit für Marlene und mich eine sehr schöne eigene Wohnung in der Hagenauer Straße. Sie war hell und freundlich und mit echtem Stuck an der Decke und mit allem Komfort. Die Frau, die dort auszog, hatte die Wohnung eigentlich für sich gerade fertig ausgebaut, doch sie fand da gerade ihre Liebe. Sie zog mit ihrem Mann zusammen, und die Wohnung war sogar sehr günstig in der Miete. Die volle Mietzahlung übernahm das Wohngeldamt, weil ich zu dieser Zeit noch keine Rente beantragt hatte, sondern nur von Kinder- und Erziehungsgeld lebte.

Dann, eines Tages, sagte die Stimme von Ivett E., sie habe mir die Karten gelegt, ich würde noch am selben Tag sterben. Ich dachte, ich glaube sowieso nicht an solche Voraussagen. Da redete sie scheinbar lieb auf mich ein, es wäre doch jetzt besser für mich, wenn ich jetzt stürbe. Sie wollte mich zum Fenster dirigieren, in diesem Moment war ich wehrlos, sie einfach wegzuschicken, ich saß wie gebannt auf dem Küchenstuhl und mir liefen ungefähr sechs Stunden lang die Tränen. Marlene ging es gut, sie spielte mit ihren Ärmchen. Diese Ivett E. sagte, ich solle Marlene einfach meiner Vormieterin vorher in den Arm drücken und eine Lüge erfinden und nicht sagen, was ich eigentlich vorhabe. Nach sechs Stunden auf dem Küchenstuhl klingelte es an meiner Tür, und Bernd stand vor der Tür. Er fragte ganz lieb: »Hast du geweint?« Ich hatte eigentlich sowieso schon beschlossen weiterzuleben, und es entstand ein wunderschönes, farbenfrohes Blumenbild mit dem Titel »Ich will leben«. Aber mit dem Auszug in eine eigene Wohnung habe ich Marlene vor einem weiteren Atemaussetzer geschützt.

Ich wechselte die Ärztin und ging auf den Rat von Barbara zu Frau Dr. D., die mich auf ein Medikament namens Risperdal umstellte. Das war zu der Zeit eine gute Lösung. Als Marlene schon fast ein Jahr alt war, zog ich zu Bernd zurück, da ich merkte, wie kritisch die Situation in meiner Psychopharmakaumstellung für mich war, und stellte die Bedingung, dass wir zusammen in eine gute Wohnung umziehen. Zunächst aber zog ich zum eigenen Schutz mit Marlene zu Bernd in die alte dunkle Wohnung zurück. Von nun an musste ich in meinen Nachtträumen durch die Hölle gehen, es waren sehr brutale und ängstigende Albträume vom Teufel. Zu der Zeit besuchte ich Barbara, und sie sagte mir, dass genau dann, wenn man nur noch gut sein will, der kleine innere Teufel, den wohl jeder hat, abgespalten wird und destruktiv verstärkt von außen zurückkehrt. Dieser kleine innere Teufel könnte in ihrer Erklärung heißen, dass man sich mal wehrt und auch mal was Zickiges sagt.

Außerdem war ich mit Bernd bei einer Paartherapie. Dort wurde der Gedanke »Ich muss mit Bernd aus Sicherheitsgründen zusammensein« in »Ich will mit Bernd zusammensein« umgewandelt. Es hatte sich in den Albträumen aus der Hölle um die Wahngedanken der Quälgeister gehandelt.

Einmal betete ich gegen die Albträume im Schlaf, da kam ein lieb aussehender Engel, sagte, ich solle beten, dass ich den Quälgeistern vergeben könne. Ich betete, und der Engel führte mich an der Hand in ein anderes Zimmer, wo keine Albträume waren. Das Gebet um Vergebung finde ich seitdem sehr wichtig; auch das ist ja im Gebet des Herrn enthalten.

Ich beharrte nun darauf, dass wir in eine helle, schöne Wohnung ziehen. Mit Marlene war in der ganzen Zeit alles in Ordnung, wir waren schon von Anfang an kostenlos in einer evangelischen Mutter-Kind-Gruppe gewesen in einem Weddinger Kindergarten. Ich wurde von der Leiterin sofort in die MuKi-Gruppe integriert und fand dort auch eine Freundin. Ich wurde gefragt, was für Lieder wir im Osten so gesungen haben in den Kindergärten, da sang ich das Matrjoschka-Lied aus unserem ehemaligen Kindergarten vor, das wir als Kinder gelernt hatten. Unsere Leiterin sagte, man könne es ja umdichten, weil vielen Menschen in Westberlin die russischen Holzpuppen gar nicht bekannt seien. Ansonsten sang man ähnliche Lieder wie »Bruder Jakob«. Ein bisschen habe ich darunter gelitten, dass ich nicht gestillt habe, weil man mich zur Vorsicht wegen des eingenommenen Medikaments ermahnt hatte. Später habe ich erfahren, dass ich damals auch mit Fluanxol hätte stillen können. Aber eine Buchhändlerin aus der Frauenbuchhandlung in der Anklamer Straße sagte mir dazu einmal, wenn ich es mal so sehe, dass es doch gefährlich gewesen wäre für das Kind, und ich hätte gestillt, dass das viel schlimmer gewesen wäre.

Ich fing eine Gesprächstherapie in der »WeiberWirtschaft« Anklamer Straße an. Die Gesprächstherapeutin dort vermittelte mir den Grundgedanken: »Ich bin so in Ordnung, wie ich bin«. Das trug zuerst ein bisschen zur Stärkung meines immer aufs Neue durch die Quälgeister untermauerten Selbstbewusstseins bei, half aber nachher bei richtigen Schwierigkeiten nicht weiter. Ich hatte eine Vision, dass ich schlank und schön mit einer Steckfrisur auf einem Balkon saß. Das war ein Bild vom Himmel: So könnte es sein.

Wir zogen zu dritt um in eine Wohnung mit drei Räumen, die schön und neu war, weil die alte Wohnung mangelhaft war, ohne ausreichende Heizung im Winter und mit Ungeziefer, das immer wieder vom Fleischer unter uns durch die Ritzen hoch kroch, da half auch die zweimal geholte Ungezieferbekämpfung nichts. Dunkel war es außerdem. Als Absteige nach der Arbeit hatte das mal gereicht, nicht aber, wenn man mit einem kleinen Kind den ganzen Tag darin wohnt.

Etwa ein halbes Jahr nach dem Einzug hörte ich eine neue Stimme, die Stimme von Herrn Hagen, der seinen Vornamen verleugnete und sagte, er heiße Sven. Dann kam danach eine schöne Liebeserklärung wirklich von Sven, meinem Seelenpartner. Ich blieb ziemlich cool, weil ich dachte, er sei jener Herr Hagen, der sich zuvor als Sven ausgegeben hatte. Doch einige Zeit später, etwa eine halbe Stunde nach der Liebeserklärung von Sven, bemerkte ich, dass ich mich bis über beide Ohren in Sven verliebt hatte. Svens Stimme war es von nun an, die mich vor den Quälgeistern beschützte, das Bild von der Männerwelt wieder gerade rückte bei mir und nicht aufhörte, mir in Gedanken, in Tag- und Nachtträumen schöne Liebeserklärungen zu machen. Sven nannte mich »kleine Barbie« in Gedanken und wollte mich gleich heiraten. Diesmal waren wir beide verliebt, und es soll in Wirklichkeit die große Liebe bedeuten. In meinen eigenen Gedanken hatte ich gehört, dass er mir, als ich 18 Jahre alt war, in einer Disco den Weg verstellt hatte, dass ich aber an dem Tag von meiner Neurose geplagt war und wegen meiner damaligen Vorurteile nur auf die Erde geschaut habe und so an ihm vorbeigegangen bin.

Dann sprach Herr Hagen mich auf dem gemeinsamen Hof an. Er redete anfangs nur Blabla und von schönem Wetter. Er gefiel mir auch überhaupt nicht, und er guckte Marlene wütend an, das gefiel mir auch nicht. Dieser Typ hatte mir vorher einreden wollen, ich wolle nur ihn. Als ob er meine Willenskraft bestärken müsse. Dann sagte ich ihm, dass ich mit Marlene noch zum Helmholtzplatz gehen wolle, daraufhin sagte er etwas nicht so Nettes und verabschiedete sich zuerst. Aus dem Fenster des Nachbarhauses guckte ein alter Mann auf mich. Plötzlich fiel diesem Herrn Hagen ein, dass er doch noch nicht gehen wolle, und sah den alten Mann an, wie man es mit aufdringlichen Augenkontakten selbst tun soll. Er pflückte Hagebutten von den Sträuchern. In diesem Moment konnte ich mir überhaupt nicht vorstellen, dass diese Hagebutten etwa für mich sein sollen, und er bot sie mir dort auch gar nicht an. In meinem Bauchgefühl sprach alles gegen diesen Typen. Später hatte er gerade bei Marlene telepathisch gesagt, dass diese Hagebutten doch für mich sein sollten. Dieser Typ begegnete mir ziemlich oft. Die Quälgeister hatten zu der Zeit erreicht, was sie erreichen wollten, dass Sven lieber erst mal mit Nutten ging. Er platzierte diese »Freundinnen« auf seinem Balkon gegenüber, und ich war damals noch so innerlich zerrissen und fand das so kränkend, weil ich da noch den Fehler machte, mich nicht selbst zu verteidigen, und weil ich an Sven hing statt dort loszulassen, denn zu lieben bedeutet auch loslassen zu können, das musste ich schmerzlich erfahren.

Teil 2

Der Weg zur Selbsterkenntnis

Mein schöner Schutzengel, Emilia, hatte mich nicht nur vor Vergewaltigungen und Missbrauch jeglicher Art geschützt, sondern hatte nur Männer mit mir schlafen lassen, die mich wirklich lieben. So kam es bisher nur zum Petting mit Jae und zum Beischlaf mit Bernd, der mich geliebt hat, aber das war vom Himmel nur gestattet, nicht bestimmt. Der Engel hat Bernd nie mitgeheiratet, Emilia hatte gute Anträge von anderen Engeln abgewiesen, weil sie Sven heiraten wollte. Der Engel ist auch die andere Mutter meiner Kinder. Ich trennte mich von Bernd, was ja auch die richtige Entscheidung war, denn nun liebte ich Sven. Die Scheidung kam kurz darauf und verlief sehr fair.

Die Quälgeister hatten immer wieder versucht, ihre Intrigen gegen mich auszuüben. Sie wollten mir nun die Lebensfreude wegnehmen. Ich habe von hier an jeden Tag gebetet. Dann kam ein Traum von oben: Ich ging in einen Tempel. Dort stand ein Gotteszeichen, ein riesiger goldener Adler. Ein Schatz aus biblischen Zeiten. Ivett E., die Quälgeistfrau, die mir auch mit Dave P. im Rücken die Lebensfreude wegnehmen wollte, folgte mir auf Schritt und Tritt in diesem Traum. Eine Frauenstimme, die in dem Tempel war, sagte: »Verbeugt euch, ihr Unwürdigen!« Ich verbeugte mich sehr tief vor dem Gottesritual, ich fühlte, es war richtig. Ivett E. hingegen sagte: »Was soll ich mich vor meinem eigenen Goldschatz verbeugen?« Da sagte die Frauenstimme aus dem Tempel über mich: »Sie macht es richtig«. Darauf sagte Ivett E.: »Das ist doch bloß 'ne Nutte.« »Was ist sie?«, fragte die Tempelstimme. Dann klang der Traum aus. Ich hörte danach in meinem Inneren, wer sich verbeugt vor dem Gotteszeichen, also auch vor Gott, bekommt die Lebensfreude zurück, schöner denn je. Ich habe von da an meine Lebensfreude wirklich zurückbekommen, sie war schöner und fröhlicher denn je. Ich bedankte mich später immer im Gebet für dieses sehr wertvolle Geschenk. Ivett E. hingegen hat genau das Gegenteil erhalten.

Dann kam ein schönes Frühlingslied im Traum zu mir, das sangen als Harlekins verkleidete Frauen aus dem Himmel. Ein kleines Mädchen war auch dabei, das sehr ernst guckte und das die Frauen in die Mitte genommen hatten. Ein schönes Frühlingslied, nur für mich. Auch Sven, mein Seelenpartner sang in mehreren Nächten schöne Lovesongs für mich. Ich erinnere mich an »She loves to love«, »Your eyes are beautiful«. Die Songs sprachen auch für seine gute Persönlichkeit und seine Großartigkeit. Er blieb unversehrt im Kern von den Intrigen der Quälgeister, die vor allem über seine Partnerin zu ihm kamen. Auch mein Inneres blieb unverletzt und ganz. Die schöne Emilia hatte uns beide beschützt.

Ein Bote von Gott, als Clown verkleidet, sang ein rockiges Lied mit einer Botschaft »I've got a heart for you«. Genau das war der Grund, mein Fehler, warum ich an der Psychose hing und litt. Der Grund auch, warum die Quälgeister mir damals irrige Lieben einblenden konnten. Die Botschaft lautete: »Behalt' dein Herz immer bei dir, in jedem Fall…«. Auch jetzt bei der großen Liebe mit Sven. In diesem Traum hatte jemand blöd gelacht, der zugehört hatte, und der Bote von Gott schaute ganz ernst drein und sprach ins Mikrofon: »It's a message from God«.

Es gibt zwei Songs, die Svens Seele und meine Seele im Himmel gemeinsam haben. Die heißen: »Keep on running« und »Waiting for the rain«.

In einem Traum feuerte Dave P. etwas Spitzes, Scharfes auf mich ab. Mein Schutzengel Emilia stand davor, und Dave P. hatte ihn am Flügel verletzt.

Ohne den schönen Engel, der nun mit der Heilung seines Flügels zu tun hatte, war ich weitgehend der Stimmensymptomatik ausgeliefert. Ich trat mir einen schmerzhaften Splitter an der Baustelle ein, als ich mit nackten Füßen in Sandalen dort entlangging. Auch warfen die Stimmen mich aus dem seelischen Gleichgewicht in dieser Zeit. Die Stimme von Ivett E. trieb es auf den Gipfel; sie sagte mir einen Kriegstraum an. Dann standen drei heilige Personen am Fenster in meinem Traum. In einem von ihnen erkannte ich Jesus, und ich bat ihn, für mich zu sprechen. Jesus verkündete Liebe, indem er für mich sprach. Sein Bild erstrahlte in hellem Glanz und es blieb Licht. Ivett E. hörte mit ihrem Kriegstraum auf.

Am nächsten Tag begleitete mich Marlene (sie wollte mich lieber begleiten als zum Kindergarten zu gehen an dem Tag) in die Chirurgie zur Entfernung des Splitters. Es waren kleine Eisenteilchen mit eingetreten in meinen Fuß, und er war infiziert worden. Die Schwester in der Chirurgie freute sich, dass Marlene mich begleitet hatte, sie drückte alle Eisenteilchen nach der Entfernung des Splitters heraus. Es war, als wenn Jesus auch hier die Hand darüber gehalten hatte. Dave P. wurde vom Herrgott für die Verletzung, die er dem Engel zugefügt hatte, bestraft. Ihm ging es so schlecht wie noch nie in seinem Leben. Einmal lauerte er mir danach auf und schüttelte dauernd den Kopf, wie »Nein, nein, nein, nein« als man ihn fragte, ob er das noch einmal erleben wolle.

Als meine Tochter drei oder vier Jahre alt war, bemühte ich mich um einen Zuverdienst zur Rente. Ich fand schließlich eine Möglichkeit, in einem kleinen Second-Hand-Laden im Prenzlauer Berg ohne Verkäuferinnnenausbildung als Verkäuferin tätig zu sein, da hier speziell Menschen auf Zuverdienstbasis eingesetzt wurden, die trotz eines Handicaps in das normale Arbeitsleben eingegliedert werden. Aus finanzieller Sicht war der geringe Zuverdienst kein Gewinn, denn er wurde vom Wohngeld wieder abgezogen. Aber ich war beschäftigt, ich ging gern zu dieser Arbeit (in der Regel zweimal pro Woche für ein paar Stunden); es machte Freude, Frauen zu beraten, welche Kleidung zu ihrem Typ passt. Auch war der Laden ein Baustein auf meinem Weg gewesen: beispielsweise hatte ich dort gelernt, die Sachen korrekt zu bügeln, was meine Mutter mir nicht beibebracht hatte.

Die Projektleiterin in dem Geschäft hatte sehr gute Ideen: es gab eine Designerkollektion direkt für den Laden, und die dort in Kommission genommenen Sachen waren sehr ausgewählt. Der Laden hatte einfach Stil. Es gab eine eigene Modenschau, wo junge Models die Designerkollektionen vorführten. Dann aber kamen plötzlich Anweisungen von der übergeordneten Leitung des Vereins an unsere Leiterin; zuerst durften die Zuverdiener keine Auszahlungen von Kommissionsverträgen an die Kunden mehr vornehmen, dann durften sie überhaupt nicht mehr an der Kasse arbeiten (obwohl es keine Fehlbeträge gegeben hatte, die Kasse hat immer gestimmt). Danach wurde angeordnet, den Kommissionsbetrieb einzustellen, und Sachen aus zweiter Hand sollten nun nur noch auf Spendenbasis angenommen werden. Es entstand Unruhe und sogar Zwietracht unter Zuverdienern und angestellten Geringverdienern, die Arbeit wurde unter diesen Umständen zur Belastung. Mitarbeiter und Zuverdiener unterstützten jedoch die Leiterin bei dem Versuch, die Anweisungen rückgängig zu machen, auch ich schrieb eine Beschwerde an die Geschäftsleitung. Es folgte eine Aussprache mit der Vorstandsvorsitzenden, die aber zu keinem Ergebnis führte. Diese Art von Veränderungen im Modell des Ladens war nie die Idee unserer Projektleiterin gewesen, sie verließ daraufhin den Laden. Da kündigte auch ich den Job, als wir nicht mehr Verkäuferin sein durften. Eine »Werkstatt für Behinderte« wurde gegründet, wo die Leute für wenig Geld viel leisten müssen. Diese Werkstatt hätte dann über kurz oder lang die Ladenleitung übernommen. Als ich das erfuhr, warf ich hier das Handtuch. Danach bewarb ich mich an der Bibliothek der Psychiatrie-Abteilung eines Krankenhauses, doch dort wurde entschieden von der übergeordneten Stelle, der Caritas, dass ein 1-Euro-Jobber vom Arbeitsamt eingestellt werden sollte. Die Krankenhausleitung hatte keinen Einfluss auf diese Entscheidung.

Meine kleine Tochter wuchs und gedieh prächtig. Ich zog mit ihr in eine kleine Wohnung innerhalb des Hauses, die für uns jedoch in absehbarer Zeit zu klein werden sollte.

Herr Hagen bekam einen Brief von Ivett E., wo sie sich wie immer als die Schönste und das Beste überhaupt hinstellte. Herr Hagen sagte an dem Abend, als der Splitter noch in meinem Fuß war und ich ihn noch verwechselte mit meinem Seelenpartner Sven: »Adieu, Darling. Ich gehe jetzt zu meinem Abenteuer«. Ivett E. stand an der vereinbarten Stelle, als Herr Hagen mit seinem Auto vorbeifuhr, und sie sagte »Kuckuck« zu ihm. Sie gefiel ihm nicht, er fuhr vorbei. Wohl aber gefielen ihm die Ideen von Ivett E., und er ließ sich vom Teufel blenden und verbreitete fortan Lügen im Haus gegenüber bei den Architekten über mich.

Der Teufel wird auch der Verleumder genannt, doch er trägt auch nur dazu bei, dass sich letztendlich alles zum Guten wendet. In vielen guten Büchern kann man das lesen, besonders in Werken der Esoterikliteratur über Engel.

Hurra! Mein Engel kann endlich den Schutz über mich wieder übernehmen! Dave P. wollte noch einmal ein Trauma herbeiführen, wo ich eine Vorschau der Vergewaltigung der Ivett E. hörte. Diesmal sandte ich ein Gebet für Ivett E., das hatten die edlen Damen im Himmel mir auch vorausgesagt.

Gott schickte mir einen neuen Traum zur Aufklärung einer weiteren Intrige der Ivett E. und von ihrem Freund, Herrn Müller. Es wurde in dem Traum ein Video von einer engagierten, guten Frau gezeigt, wo ich mit siebzehn Jahren sehr schön aussah und auf einem Schlitten mit Jugendlichen zusammen saß. Ivett E. gab sich für mich aus, sie wäre das Mädchen auf dem Video gewesen. Die Frau wurde deshalb von Bösen verfolgt, die sie töten wollten. In der Wirklichkeit hatte Herr Müller ein Video über Vorstellungsgespräche mit den Kursteilnehmern gedreht, eine Übung, wie man sich richtig bewirbt. Ich hatte dort eine Bewerberin dargestellt. Als Herr Müller das Video öffentlich vorführte, lud man mich ein zum Vorsingen, da man dort fand, dass ich eine schöne melodische Stimme habe. Sie gab sich aber für mich aus, und sie war in dem Traum von Gott ein komisches, graubraunes Känguru mit einer Schlangenzunge. (Sie hatte dort »Hört gut zu, ich bin das singende Känguru« gesungen.) Man wunderte sich, wieso ich mich so unvorteilhaft verändert habe, und sie bekam von dort eine dicke Absage, denn ihre Stimme war eintönig und nicht schön, und sie war eher untalentiert.

In dem Traum war ich danach heute zu sehen, wie ich zu der Zeit war, in meinem selbst gearbeiteten Kleid, aber mit dickem Bauch, den ich mir zu der Zeit wirklich angefuttert hatte. Gott sagte, ich solle zurückblicken auf meinen Lebesweg, was ich alles geschafft habe. Das war auch eine Aufforderung, meine gesunde Ernährung wieder selbst in die Hand zu nehmen, denn die Quälgeister hatten mir im Wechsel Abhunger- und Fressattacken eingeblendet, was ja besonders figurfeindlich ist. Der Traum ging noch sehr lange weiter, ich bemerkte, welche Kraft gute Gebete haben, denn ich betete in dem Traum für die engagierte Frau, die in dem Video gezeigt wurde. Daraufhin konnten ihr die Bösen nichts mehr antun.

Ich versuchte nun, Schönes bewusst zu erleben, Blumen, Bienen und Wiesen zu sehen und mich daran zu freuen. Denn die Seele nährt sich von Schönem. Marlene gab mir seelischen Halt und Auftrieb, denn sie ist das bisher größte Geschenk vom Himmel. Ich bat im Gebet um Aufklärung, warum ich psychosekrank bin.

Als ich einmal bei meiner Mama übernachtete, hatte ich dazu einen Traum. Zuerst war da ein neues Leinenkleid, das ich bekommen sollte, doch plötzlich war es sehr alt und von Motten zerfressen. Dann saß ich als dreijähriges Kind auf meinem eigenen Schoß. Ich war so unsicher, denn nun hatte ich die Gelegenheit, etwas zu meinem inneren Kind zu sagen. Ich sagte: »Sei lieb«. Es saß sehr aufrecht da und sah sehr lieb aus. Ich fragte es, was es mir sagen wolle. Da sagte es, ich habe es nie zuvor gefragt. Es habe mich sehr lieb und wolle wieder eins mit mir sein. Es erzählte mir außerdem, dass Dave P. es immer anbrüllt und Ivett E. sich einbildet, es gehöre ihr. In dem Buch von Louise L. Hay steht dazu, dass man sein inneres Kind verteidigen soll, wenn es ängstlich ist. Alles lief darauf hinaus, sich endlich wehren zu lernen. Gegen Ivett E.s Wahn halfen nur Gebete, denn der Vater im Himmel hatte mir später, wann immer sie mich bedrängte, versprochen, mich von ihr zu befreien. Der Traum über die Aufklärung der Krankheit war noch sehr lang. Dave P. versuchte darin mein glücklich über das Wasser gebrachtes Boot wieder über das Ufer zu ziehen, zurück in die Psychosewelt hinein. Ein Hund zog mein Boot auf mein Ufer zurück. Als ich von Dave P.s Anschlag träumte, hatte ich ein ekliges, fremdes Gefühl auf dem Körper, so wie es in der Heilung während einer Tiefentherapie beschrieben wird. Gott wollte, dass ich den einfachen Weg zur Gesundung wähle, mir den richtigen Mann nehme und durch ihn lerne mich selbst anzunehmen, also ein Ganzes zu werden dadurch, dass er zuerst mein inneres Kind annimmt.

Marlene war früher ein Mobbingopfer, weil sie sich unbeaufsichtigt etwa vier Kilogramm Übergewicht draufgefuttert hatte, während ich durch die Psychosegeschichten regelrecht gebannt war und nicht auf Marlene achten konnte. Aber meine Marlene hatte immer Selbstvertrauen und war fröhlich, jetzt ist sie Klassensprecherin und kann Kindern helfen, die in ähnlichen Situationen stecken, weil sie am eigenen

Leib erfahren hat, wie es ist, gemobbt zu werden. Ich war damals zu der Klassenlehrerin gegangen und hatte die Tatsache der Schule gemeldet. In meinem Erziehungsbuch von der Stiftung Warentest steht, dass das genau der richtige Weg ist. Eine ganz falsche Adresse zur Bekämpfung des entstandenen Übergewichts war die damalige Kinderärztin. Sie hatte ein Ernährungsbuch im Antiquariat gekauft und ordnete aufgrund dieser veralteten Literatur eine einseitige Diät an. Dass Diät im Kindesalter sogar sehr gefährlich sein kann, erfuhren wir später im Virchow-Klinikum. Marlene bekam Heißhunger auf verschiedene dort verbotene Dinge, und mir ging es genauso, denn ich hatte mitgemacht. Nun kam bei uns der Jojoeffekt, und meine Marlene war so klug, sich nun gegen das Ausschimpfen der Kinderärztin zu wehren. So gab ein Wort das andere. Da sah ich dann auch, dass das keine gute Behandlungsbasis war für uns. Nun sind wir bei einer netten, gründlichen, umgänglichen Kinderärztin, ich hatte in einem Gebet darum gebeten, dass man uns vom Himmel bei der Wahl hilft. Die neue, nette Kinderärztin machte dann erstmalig eine Blutwertkontrolle, und es wurde festgestellt, dass Marlene einige erhöhte Werte von ihrem Vater vererbt bekommen hat. Die nette Ärztin überwies uns zunächst zu einer Ernährungsberatung der Barmer, wo eine Ernährungsberaterin eine Weiterbildung besucht hatte. Sie erklärte uns, dass es nicht um einseitige Diät, sondern um eine Ernährungsumstellung gehe. Marlene nahm auch ab, aber die Blutwerte blieben erhöht. Nun wurden wir von der netten Kinderärztin zu einer Ernährungsberatung im Virchow-Klinikum überwiesen, die immer auf die dort entnommenen Blutwerte abgestimmt ist. Außerdem werden dort Sportkurse angeboten. Beim Nordic Walking haben alle Teilnehmer ihr Gewicht reduziert, ich sollte wegen grenzwertigen Blutdrucks auch mein eigenes Gewicht auf das optimale reduzieren. Wir haben während der Sommerferien beide teilgenommen an diesem Kurs.

In der vorherigen Zeit, bei der anderen Kinderärztin, bei der wir keine gute Behandlung hatten, hatte ich für Marlene einen kostenpflichtigen Sportkurs angemeldet. Dort wurde richtiger Leistungssport betrieben. Die Gruppe bestand schon lange, und sie waren mit dem Training auf einem hohen Level, als Marlene dazukam. Marlene war untrainiert und bekam von der Überlastung dort als Folge eine erweiterte Magenöffnung. Dabei war ihr ständig übel, und die Kinderärztin verlangte von ihr, dass sie mit der Übelkeit, ohne Medikamente bekommen zu haben, zur Schule ging, obwohl der Befund vom Ultraschall vorlag. Die verschriebene Magenspiegelung war erst zwei Monate später. Ich bestand darauf, dass sie Medikamente bekommt. Daraufhin forderte diese Ärztin eine Erklärung von mir, warum ich zu allen Untersuchungen mit ihr gehen konnte. Als was ich denn arbeite. Da sagte ich ihr, dass ich als Verkäuferin im Zuverdienst arbeite. Sie bohrte weiter, was denn meine finanzielle Grundlage sei. Daraufhin sagte ich ihr, dass ich wegen einer Psychose frühberentet sei. Sie schrieb das gleich auf ihre Akte, und seitdem wurde ich von ihr und ihren Schwestern wie eine Aussätzige behandelt. Sie gab Marlene etwas gegen Übersäuerung des Magens. Dann unterstellte sie meiner Tochter, dass sie einfach keine Schullust habe und überwies uns zur Kinderpsychologin. Dort wurde nur festgestellt, dass Marlene eine brillante Intelligenz besitzt, das Gefühl mit dem Verstand gut verbinden kann, einen guten Wortschatz hat. Sie hatte sehr viel Schullust und keinerlei Anzeichen auf psychische Erkrankungen. Später sagten meine Stimmen, dass die Partnerin von Sven bei dieser Ärztin einen Fürsorgeantrag für Marlene gestellt und ihr eine hohe Belohnung versprochen hatte. Das war sehr unrealistisch, weil ich mich immer gekümmert habe; wenn ich mich nicht hätte kümmern können, wäre meine gute Familie eingesprungen. Meine Marlene war stets in den besten Gruppen, Kindergärten und Schulen, die es in der Gegend gibt. Die schöne Emilia leitet uns jedes Mal dorthin, denn: Marlene ist auch ihr Kind.

Eines Tages ging ich mit Marlene ins RingCenter Frankfurter Allee, um Schuhe für sie zu kaufen. Da war auf der Linie U2 eine hässliche »Kunstausstellung« mit den Wahnbildern von Dave P. Meine Mama hatte sie auch einmal gesehen, als sie mit mir auf die Bahn wartete, und hat sie schrecklich gefunden. Außerdem stand an jenem Tag, als ich mit Marlene unterwegs war, eine eingeschnürte Figur, wo ein Band der Arbeitsjacke durch den Hosenbund gefädelt war, dass es aussah, als stelle sie einen Exhibitionisten dar. Darüber stand ein Schild mit der Aufschrift »Kinderschreck«. Meine Tochter gruselte sich vor der Figur auch sehr.

Ich hatte ein Fremdheitsgefühl, und als wir in die andere Bahn umsteigen wollten, hörten wir einen Lovesong von der Band U2 über den Bahnhof »Christine is beautiful«. Die edlen Damen vom Himmel hatten mich zuvor gewarnt in einem Traum, ich solle nie feiern. In dem Traum ging ich auf meiner Hochzeit in ein Nebenzimmer, dort wurde mir von Ivett E. billiges Enthaarungsgel in die Augen gespritzt, das blind macht, wenn es in die Augen kommt. Sven hätte alle von der Straße mitfeiern lassen, die wollen. Später gingen Marlene und ich an der Stelle vorbei, wo die Musik hergekommen war, dort wurden gerade sehr teure Boxen eingepackt. Die blöde Partnerin von Sven wollte in dem Fall noch eine spezielle »Mitgift« dazugeben, Haue für mich und krankhafte Eifersucht.

In einem Traum sagte ich, dass ich Sven von nun an nicht mehr verwechsele aus Sehnsucht. Sven hatte zuvor sein Fahrrad vom Hof geholt, als ich gerade oben am Fenster stand und hatte per Telepathie seinen Namen gesagt. Als ich runterging, war er weg und kam an diesem Abend nicht wieder, ich hatte noch lange gewartet. In dem Traum, ich bekam am nächsten Tag die Regel, zeigte Emilia mir einen umgekehrten Pegasus, ein geflügeltes Pferd, und sie warf mir sehr teure Binden in den Schoß. Danach sang sie mit ihrer schönen, sanften Stimme einen Lovesong: »It is a melody forever«. Immer habe ich wiederholt, dass ich Sven wiedersehen wolle. Doch nur seine Partnerin lauschte ständig, und nicht nur das, Dave P. bewog sie dazu, mich mit Gewisper zu beeinflussen.

Einmal, nach langer Zeit, bekam Sven mit, dass ich ihn wiedersehen wollte. Und wieder wusste Dave P. davon, und wieder schrie er mich vorher voll, als ich gerade im Lebensmittelgeschäft einkaufen war. Außerdem brach an jenem Tag eine Scheidenentzündung bei mir aus, in meinem Unterbewusstsein hatte mir vorher die Partnerin von Sven ein falsches Medikament empfohlen. Die Entzündung dauerte dann wegen des Stresses ein halbes Jahr.

Es musste Sven gewesen sein, der irgendwo an der Seite »Hallo« zu mir sagte. Vor lauter Belastung und harter Trennung von meinem Ich habe ich überhört in dem Augenblick, dass es Sven sein könnte, der dann zu seinem Freund sagte: »Ich dachte, ich kenne die Frau«.

Erst ganz am Ende der Straße fiel mir ein, dass es Sven gewesen sein könnte, doch da war dann der Beutel zu schwer, um noch einmal umzukehren. Ich war ziemlich erschöpft zu der Zeit, weil man mich wegen fehlender Arbeitskräfte in dem Second-Hand-Laden direkt nötigte, mit der schmerzhaften Entzündung weiter arbeiten zu gehen. Bemerkenswert ist jedoch, dass ich während der Zeit der Entzündung keine Schmerzen gefühlt habe, als ich bei der Kirche einmal bei einer Laubharkaktion und einmal bei einem Gottesdienst am ersten Advent war.

Danach kam eine sehr traurige, einsame Zeit, wo Svens Partnerin immer abguckte von meiner Seele, Sven aber nichts mehr von mir wissen wollte.

Sven ging eines Tages enttäuscht nach Hause, und seine Partnerin, die schon lange in mir gewispert hatte, empfing ihn mit der Teekanne. Sie bekam auf der Grundlage falscher, nur von ihr eingeredeter Liebe noch drei weitere Kinder mit ihm. Sie wisperte in dieser Zeit sehr viel in mir und sagte mir den Kampf an. Ich wollte nicht kämpfen, musste aber, weil sie die tägliche Kampfaufforderung nun direkt in mein Unterbewusstsein, für mich nicht mehr hörbar, machte. Sie zwang mich dazu, genau, wie sie Sven mit der falschen Liebe, der emotionalen Lüge, gezwungen hatte. Deshalb schimpfte ich laut über sie, das waren die damaligen Schübe, die die Partnerin mir versetzt hat. Sven schlug telepathisch auf mich ein, ich fühlte Schmerzen, weil Dave P. die Partnerin von Sven lenkte. Es war ihr emotionaler Schmerz, den sie bei der Liebeslüge fühlte, denn sie wusste nur zu gut, dass sie keine echte bekam. Sven sollte Frauen schlagen, damit sie den Schmerz über ihn scheinbar abbauen konnte. Das alles erreichte sie mit Gedankenmanipulation, diese Methode hatte ihr Dave P. angeraten. Jedoch in der Bibel steht, dass sie mit der Beratung von Frevlern die Närrin war. Ihr siebentes Kind bekam Partnerin von Sven mit einer zu frühen Austreibung, weil bei ihr die Wechseljahre schon begannen. Gegen den von Dave P. dazu veranlassten eingeblendeten Schmerz half mir das Buch mit dem Titel »Wahnsinn im Kopf« von einer ehemals an Psychose erkrankten Frau. Ihr Name ist Lori Schiller. Sie beschreibt das so, dass sie sich letztendlich sagte, dass die Stimmen unreal sind. Genau dieser Gedanke half mir über die eingeblendeten Schmerzen von seelischer Prügel hinweg.

Ich hatte immer wegen des von Svens Partnerin bei mir eingewisperten Kampfes gegen sie geschimpft. Aber in letzter Minute kam Gott, und mir wurde bewusst, dass man Fehler zuerst immer bei sich selbst suchen muss. Ich las ein Buch von Marianne Williamson mit dem Titel »Umkehr zur Liebe«. Darin stand, dass man nie die Fehler bei anderen suchen soll. Ich hatte den Fehler gemacht, dass ich der Stimme von Svens Partnerin zugehört hatte. Und nun wendete sich plötzlich das Blatt. Svens Partnerin brüllte während der Entbindung ihre ganze Wut heraus, der Arzt stand schon neben dem Bett und sagte: »Guten Abend, was ist denn hier los?« Sie brüllte weiter. Nach dieser dramatischen Entbindung spann sie Sven mit Gedankenmanipulation, die Dave P. ihr geraten hatte, wieder ein. Auch hat sie sich um all ihre Kinder nie richtig gekümmert, sie beschäftigte ein Kindermädchen. Das Neugeborene lag im Krankenhaus im Brutkasten, und keiner ging hin. Alle, auch meine Mama und mein Engel sagten, das könne ich weit von mir schieben. Das sei nicht mein Leben. Ich selbst wusste auf einmal wieder, wie sehnlich ich mir einen Mann und ein zweites Kind wünsche, ich habe süße Bilder von meinem kleinen Jungen, der im Himmel auf mich wartet, bekommen.

Die Partnerin von Sven dachte unverschämterweise, dass alles, was Sven gehört, ihr gehöre. Sie hat sich immer Svens erarbeitetes Geld unter den Nagel gerissen. Später wurde aufgedeckt, dass die Partnerin von Sven und jener Herr Hagen zusammen vorhatten, mich irre zu machen und sich dann das Erbe meines Vaters, das Geld von den Versicherungen, die ich in Wirklichkeit noch gar nicht abgeschlossen habe, und meine Tochter Marlene für sich zu bekommen. Zum Glück hatte ich erkannt, dass das in der Realität nicht sein kann.

Ich hatte dann noch einen Traum von oben. Gott war darin sehr ungeduldig mit mir, denn er hatte vorher schon gesagt, der richtige Weg heiße Loslassen von Sven. Loslassen von den Stimmen. Mein Leben leben. Er meinte, ich habe keine seelische Prügel verdient. Ich will nie mehr von Sven verhauen werden. Ich sah um mich herum schöne Blumen, in Pankow standen viele rote Rosen auf einem Fleck. Und viele bunte Blumen gab es überall. Meine Psychologin hatte dazu gesagt: »Man muss es nur wahrnehmen«. In dem Traum hatte Gott nur wenig Zeit für mich, weiter unterhielt ich mich dann mit einem Boten von ihm. Es waren im Hintergrund Bilder von einem Obststand, der sich in eine dicke Frau verwandelte, die dann begrapscht wurde. Auch auf der anderen Seite waren Menschen, die von anderen Menschen mit Regenschirmen zurückgestoßen wurden. Ich fragte den Boten, ob es im Himmel Sex gäbe. Da schüttelte er den Kopf und sagte, das seien Trugbilder. Ich will keine Vorurteile mehr haben von nun an. Ich will erst urteilen, wenn ich jemanden wirklich kenne. Auch hatte der Herrgott einen sarkastischen Witz über meine Schwimmtechnik gemacht, und der Bote sagte nun, ich solle eine Schwimmprüfung ablegen. Ich habe meine Sachen ausgezogen und hatte darunter den Bikini an, den ich im Sommer an den Seen getragen hatte; ich war nicht gerade froh darüber, dass ich eine Prüfung machen musste. Der Bote lachte ein wenig und flüsterte mir zu: »Dich nennt man im Himmel Swimmer, weil du malst«.

Ich bekam zwei Tage lang spirituelle Begleitung von meinem Engel, wie man sich selbst behandeln soll, bekam eine große Portion Liebe zu mir selbst.

An diesen Tagen schleckte ein Hund mich am Bein, als ich den schönen, von der Designerin aus dem Second-Hand-Laden genähten Rock trug. Dieser Designerrock war auf einer Modenschau von ganz jungen Models vorgeführt worden. Nun brachte ich unter anderem meine Wohnung in Ordnung, denn der Quälgeist hatte mich jahrelang schlecht beeinflusst in Sachen Sauberkeit und Ordnung. Emilia sagte, ich sei die Blume und denke an meine Bedürfnisse. Mein kleiner Junge im Himmel hat gelacht, als ich Marlene erzählt habe, dass ein Hund mich von hinten am Bein angeschleckt hat.

Mir hat das Gebet gegen die Wahngedanken, die mir die Quälgeister einmanipuliert hatten, sehr geholfen. Letzten Endes hat das Gebet seit dem Zeitpunkt des Loslassens auch bewirkt, dass alle Wahngedanken sich auflösen. Auch ist es jetzt im realen Leben so, dass ich nach Überwindung des früher von den Quälgeistern einmanipulierten

Schweregefühls beim Schwimmen wieder normal schwimmen und trainieren kann.

Der Geist der Natur begrüßte mich in einem Nachttraum wieder unter den Seinigen. Meine Mutter fand in dieser Zeit beim gemeinsamen Durchsehen des Koffers mit meinen gesammelten Erinnerungen die Bruchstücke eines Bildes, das mein Großvater gemalt hatte, ein schönes Waldbild, das ich vor Jahren, bei Ausbruch der Psychose, durch Gedankenmanipulation (das geschah nicht mutwillig) zerstören musste, und sie restaurierte es. Jetzt hängt es in meinem Wohnzimmer.

Ich bekam ein Andenkenfoto von einer Ladeneröffnung, zu der ich eingeladen wurde. Ein Erlebnis zum Nachdenken. Zuerst sprach ich nicht mit den Leuten, grenzte mich so selbst aus. Aber als ich jemanden ansprach, standen auf einmal alle um mich herum und wollten mit mir reden.

Dann bekam ich einen schrecklichen Teufelstraum, gesandt von Dave P. Es war ein ekliger Traum, am nächsten Tag fühlte ich einen Brennschmerz in der Scheide, doch mit dem richtigen Pflegemittel konnte ich das beheben. Auch ist bemerkenswert, dass der Schmerz genau da aufhörte, wo ich die Fürsorge für Marlene gefühlt habe. Sie hatte sich am gleichen Tag ein Ohrloch stechen lassen und war dabei beinahe wieder kollabiert. Durch das Empfinden von Liebe und Fürsorge bekam ich wieder ein reines Gefühl.

Ich träumte, ich umarme die Sängerin Nena und wünsche ihr noch viel, viel Schönes. Denn auch sie hat Schweres und Schönes erlebt, ihre Biografie habe ich gerade gelesen.

Vor etwa zwei Jahren bekam ich eine neue Medizin gegen die Psychose, das Zeldox. Mein Geist wurde zwar wieder freigelassen, aber ich hatte wegen der anfangs zu niedrigen Dosierung Nebenwirkungen: Die Quälgeister wollten mich beeinflussen, dass ich zuviel saubermache und aufräume und deshalb überlastet war. Aus Überlastung schimpfte ich Marlene aus. Dass Bernd nie der richtige Partner für mich war, wusste ich auch vorher, aber dass ich ihn so stark ablehne und damit zugleich meine Art und mein eigenes Ich, das wollte ich nicht. Dann wurden die Quälgeiststimmen so massiv, dass sie sich nicht mehr wegschicken ließen. Dave P. und die Quälgeister mit der psychotischen Störung wollten, dass ich andere Medikamente bekomme und dass ich wieder in der Psychiatrie landen soll. Ich bekam von meiner Ärztin einen »Stimmenkiller«, den ich nicht vertrug und auch nicht brauchte, weil ich ohne dieses Mittel den Stimmen selbst etwas entgegensetzen konnte. Der »Stimmenkiller« wurde wieder abgesetzt, und das Zeldox wurde dafür höher dosiert. Jetzt wurde ich wieder kreativ und war nicht mehr steif; ich konnte endlich mein Übergewicht, das sich mit Risperdal aufgebaut hatte, wieder loswerden. Eine Reihe positiver Schwingungen war ausgelöst worden. Im Traum von oben sang eine schöne Sängerin einen Song: »No more slights, only lights«. Der Weg zurück zu der (vorher von den Quälgeistern schlecht beeinflussten) gesunden Ernährung und zur eigenen Sexualität steht mir jetzt offen. In meinem Traum lag eine elegante Sängerin in einem langen, roten Kleid neben mir auf einem Ehebett.

Keine minderen Wertschätzungen mehr.

Nun ist alles gut. Ich halte meine Wohnung sauber, bin endlich wirklich selbständig geworden. Ich stehe auf eigenen Beinen, gehe allein mit dem Fahrrad einkaufen. Und der Umgang mit Geld klappt nun auch besser. Das alles passierte, als mein Engel den Startschuss dazu gegeben hatte. Man darf keine Vorurteile haben, erst urteilen, wenn man jemanden wirklich kennt.

Die Gesprächspsychotherapie war eben das Richtige, weil meine Psychologin sagte, ich solle die Quälgeister wegschicken und mich selbst gegen sie verteidigen. In einer Therapiestunde wurde einmal festgestellt, dass die Quälgeister in meinem Leben eben den Sinn hatten, sich selbst wehren zu lernen. Solange ich an den Stimmen noch festhielt, litt unter unbeschreiblich vielen Selbstzweifeln. Die Psychologin sagte, den Zweifeln müsse man etwas entgegensetzen. Die Stimme von Ivett E. verstärkte die Zweifel eine Zeit lang permanent, aber seit ich loslasse, sind die Zweifel sehr gering geworden. Ich nehme mit allen Sinnen am richtigen Leben teil. Und sogar der Teufel ist nur ein Diener Gottes, und die Stimmen wollten etwas anzeigen. Ich machte zunächst allein, später mit meiner Tochter ausgedehnte Spaziergänge, nach denen wir unsere Eindrücke malten.

Nun liegen noch ein paar schöne Jahre vor mir, ich arbeite ehrenamtlich an einer Bibliothek, und es macht mir wirklich Spaß, dort zu arbeiten. Die Chefin der ehrenamtlichen Bibliothek ist so nett, dass man richtig mit Freude und Motivation dort arbeiten kann. Eine nette Arbeitskollegin half mir, im selben Haus, wo sie wohnt, eine Wohnung zu finden. Ich kann nun aus allen Erkenntnissen und Erfahrungen schöpfen, die ich während der schweren Zeit gemacht habe, aber auch meine frühere gute Schulbildung kommt mir jetzt wieder zugute.

Auch aus einem Psychosemuster kann man sich weitgehend befreien, wenn man fest dazu entschlossen ist und wenn man die Möglichkeit dazu bekommt. Zu meiner Neurologin gehe ich in das Medizinische Versorgungszentrum des St. Joseph-Krankenhauses, auf dem Innenhof ist ein Spruch an der Wand angebracht, der sinngemäß heißt, dass die Lebensstützen Gebet und Arbeit dich nie stürzen werden. Ich gab zwei Löffel, die ich früher bei der Ferienarbeit und beim Kindergarten behalten hatte, wieder zurück. Das waren mal meine einzigen Delikte im Leben; im Kindergarten war man für die Rückgabe sehr dankbar, da dort oft Löffel verschwinden.

Alle wünschten mir vor zwei Jahren einen schönen Sommer, und den habe ich dann mit durchorganisiertem Sport in den Sommerferien gehabt. Meine Tochter und ich haben bei der Ernährungsberatung vom Virchow-Klinikum auch ein Sportangebot, das Nordic Walking bekommen. Wir waren oft beim Töpfern in einem Freizeithaus, das ein berühmter Berliner Künstler leitet. Auch hatten wir eine schöne Sommerreise, wo wir das, was Dave P. uns wegnehmen wollte, nämlich den Zugang zu Kirchen und die Beobachtung von Tieren, schöner denn je zurückbekommen haben.

Aber ich habe auch kämpfen müssen, denn wieder hatte ich akustische Halluzinationen: Dave P. hatte Herrn Müller, einen der Quälgeister, vorgeschickt, um in unseren Computer einzuhacken und meine Biografie zu stehlen; wirklich schaden konnte er uns aber nicht. Herr Müller hatte meine Adresse an eine unseriöse Telefongesellschaft verkauft. Die Telefongesellschaft behauptete, ich hätte einen Auftrag zum Anbieterwechsel gegeben. Mit der Unterstützung meines guten Rechtsanwalts konnte ich mich davon befreien.

Außerdem wollte Herr Müller eine amerikanische Teufelsanbeterin auf mich hetzen. Wie sich später herausstellte, hatten Herr Müller und Ivett E. dort zuvor erzählt, ich sei eine Nutte. Erst hatte ich Bilder von einem irren Teufelstyp in mir, und dann träumte ich jede Nacht, ich werde vergewaltigt. Nun sagte die Stimme von meinem Bruder, die auch davor hineingehört hatte, das habe ich nicht verdient. Dafür will ich ihm danken, denn nun hatte ich den Mut, mich mit meinem Schulenglisch zu wehren. Ich sagte der amerikanischen Frau, was Herr Müller für ein blöder Typ ist, und dass er lügt. Weiterhin sagte ich, dass ich auf Gott vertraue. Daraufhin sagte die Stimme, der Penner habe sie mit einer falschen »Empfehlung« getäuscht. Auch hörte ich nun manchmal die Stimme meiner ehemaligen Freundin aus der Bibliothek der Humboldt-Universität. Alle versuchten mir zu helfen bei der großen Liebe zu Sven, damit wir zusammenfinden. Plötzlich kam eine große Resonanz aus dem Universum, viele gut fühlende Menschen sagten etwas Nettes über mich, und jeder etwas anderes. Das ist wie mit meinen Bildern: jedem gefällt davon ein anderes.

Auch die Stimme der Psychologin Barbara schaltete sich ein, die erst einmal reinhörte und dann feststellte, dass Dave P. eine psychopathische Störung habe und dringend eine Psychiatriebehandlung brauche. Dieser Typ hat nebenbei alle mit der psychotischen Störung behaftet, die gegen mich vorgehen wollten. Ivett E. und die Partnerin von Sven haben zudem Schizophrenie, denn sie bilden sich beide ein, sie leben mein Leben. Sie versuchen dabei, meine Stimmlage beim Sprechen zu benutzen und wollen die Engelwahrnehmung für sich. Sie machen mich zwanghaft nach, und sie bevorzugen zudem die Art der Gedankenmanipulation, womit sie die psychotische Störung haben, sie haben mir wegen Dave P. gewünscht, dass ich irre werde, nun kommt der Bumerang des Universums und sie drehen selbst ab. Der Partnerin von Sven und Ivett E. hat Dave P. zudem unangenehme Zwänge, wie Sexsucht und Kaufrausch verpasst. Herr Hagen hat eine psychotische Störung mit Richtung ins Psychopathische. Und Herr Müller hat die psychotische Störung und bipolare Störung, er hält sich bei all seinen eher ins Kriminelle gehenden Anschlägen für Gott persönlich.

Das zu erfahren, hatte für mich den Vorteil, dass ich mich nicht mehr schreiend gegen diese so »Gesunden« verteidigte; es hatte einen entscheidenden Vorteil für das Zusammenleben mit meiner Tochter Marlene.

Dave P. hat mit Steinen nach den Vögeln vor meiner Wohnung geworfen, damit ich kein Vogelkonzert im Sommer mehr hören könne. Auch hat er uns bei einer bekannten Kirche alles verdorben, er hat mich dort von Marlenes Rivalin beschuldigen lassen, sie habe gesehen, wie ich dort stehle. Er hat die nur gut fühlende und im Herzen edle Kantorin damit beeinflussen wollen, er wollte uns so den Weg zu Gott verbauen. Auch hatte Dave P. seinen eigenen Diebstahl vorprogrammiert, mit Sachen, die ich dort als Spende abgegeben hatte, weshalb er mich an fünf aufeinanderfolgenden Tagen unter »Beschuss« setzte. Aber auf der Sommerreise habe ich an der Kirche St. Michaelis in Hamburg für eine kleine Spende Freude vorausgesagt bekommen, und am Mahnmal der im Krieg zerbombten Nikolai-Kirche habe ich ein Stück inneren Frieden bekommen. In einer Vogelschau in Walsrode haben wir bei klassischer Musik (dem Lied meiner Seele auf Panflöte gespielt) so schöne Eindrücke bekommen; im Gedächtnis geblieben ist mir das Bild des blau schillernden Papageis, der über uns hinwegflog. Auch habe ich Stimmen, die unterbewusst Neid fühlten, gehört, die habe ich wieder weggeschickt.

Eine gute Resonanz aus dem Universum kam zu mir. Manche guten Seelen sagten etwas, was mir half, den nachlässigen Stil, den Dave P. mir einmanipuliert hatte, wieder rückgängig zu machen und wieder auf Ordnung und Sauberkeit zu achten, wie früher. Manche Seelen, die von meiner Omi und die von meinem ehemaligen Russischlehrer von der Russischschule, brachten die vom Himmel vorausgesagte Freude mit. Die Stimme eines zur Familie meines Bruders gehörenden Menschen brachte mir Freude, dass ich sehen konnte, wie gut meine Tochter geraten ist. Auch die Cousine meiner Mama, eine der netten Tanten von früher, brachte das mit. Eine Freundin meiner Mama, eine Deutschlehrerin aus Bulgarien, übermittelte in der Realität und auch als gute Stimme Grüße zu Weihnachten, sie erinnerte mich daran, mich an die positiven Dinge zu halten. Die Stimme meiner ehemaligen Klassenleiterin aus der Russischschule half mir, mich zu beraten im Haushalt, auch die Stimme von Svens Mama und die des Sängers von Polarkreis 18 halfen mir, die einmanipulierte Nachlässigkeit in der Haushaltsführung rückgängig zu machen. Die Stimme der Sängerin Nena sagte, ich solle mich mit positven, meinen eigenen Gedanken beschäftigen. Als ich mit Marlene zu ihrem Geburtstag ins Kino ging, wurden wir von hinten mit Popcorn beworfen. Da dachte ich, nun sei es wirklich zu albern, wenn ich deshalb wieder in einem negativen Gedankenmuster verharre, und von da an kamen meine eigenen, guten Gedanken zu mir. Außerdem habe ich mich im Kino umgedreht, und die Teenager, die hinter uns saßen, hörten auf damit. Die Stimme meiner Neurologin sagte, die Lügen der Quälgeister seien unter meinem Niveau. Und Gedankenmanipulation ist sowieso unterm Strich. Die Stimme des Sängers des Soundtracks »Allein, allein« (das ist auch die Titelmelodie zur Neuverfilmung von »Krabat« oder »Die schwarze Mühle«) half mir gegen die eingeblendete Wut der Partnerin von Sven und gegen die lauten Gespräche mit »Ich lass' den Teufel nicht rein«. Und: »Der ist mir egal. Die Quälgeister sind mir egal«. Meine zuvor ausgeglichene Art, ein wenig normale Zurückhaltung und Hilfe auf der Straße, wo es angebracht ist, das konnten die Quälgeister mir nie nehmen.

Auch ich wurde ab jetzt in das große Werk Gottes einbezogen, und ich will mich von nun an für andere Menschen einsetzen, auch dieses Buch war eine Aufgabe von Gott. Er sagte: »Blicke zurück auf deinen eigenen Lebensweg«. Der Engel hat gesagt: »Zeichne mal deine Träume«.

Liebe heißt auch loslassen zu können und für den anderen das Beste zu wollen. Die Behandlung für die Psychosen der Quälgeister steht noch aus. So ist es ja auch gar nicht mehr schwer für mich, mein süßes kleines inneres Kind immer anzunehmen. Was nach wie vor ganz wichtig für mich ist, ist Frieden, auch innerer Frieden. Auch der Teufel muss letztendlich an der Vervollkommnung der Seelen mitarbeiten, ob er will oder nicht.

Nun höre ich die sogenannten Quälgeister noch als Hintergrund, aber seit ich von Sven losgelassen habe, wurde der Wahnsinn aufgelöst, und ich kann die schlechten Stimmen ignorieren. Ich wünsche allen Menschen auf der Erde, die Not und Elend oder Leid in irgendeiner Form ertragen müssen, dass es ihnen besser gehen möge.

Nützliche Literatur

Sommer, B.; Falstein, M. Die neuen Techniken für ein starkes Selbst. Ariston Verl. Genf, München. 1995

Hay, Louise L. Wahre Kraft kommt von innen. Wilhelm Heyne Verl. München. 1984

Hay, Louise L. Gesundheit für Körper und Seele. Wilhelm Heyne Verl. München. 1984

Williamson, Marianne. Rückkehr zur Liebe. Goldmann Verl. München. 1993

Mülleneisen, Berthold A. Heilgebete. Herbig Verlagsbuchhandlung GmbH München. 2000

Schiller, Lori. Wahnsinn im Kopf. Verlagsgruppe Lübbe Bergisch-Gladbach. 1994

Anhang

Bilder

Porträtieren" Heft 334-3
Christina Klimono
Kollwitzstr. 95
O - 1058 Berlin

„Kristina" 22.

Herr, du erfreust mein Herz.
Psalm 4,8